藤家寛子

あの扉のむこうへ

「自閉の少女と家族、成長の物語」

花風社

あの扉のむこうへ

「自閉の少女と家族、成長の物語」

あの扉のむこうへ　目次

〈藤家寛子エッセイ〉

今さらごめんね 二〇〇四・夏

編集部より

この本は、花風社編集部から藤家寛子さんへのお願いから生まれました。

「自閉スペクトラムのお子さんの『一見不思議な行動』の背後に何が隠れているのかを物語にしてください」

童話作家になるのが夢だった藤家さんは「ぜひ書かせてください」とお願いをきいてくださいました。

そういう経過で生まれた本ですから、ここに書かれているのは、著者である藤家さんの体験が多いと言って差し支えありません。

けれども自閉のお子さんは（定型発達のお子さんと同じように）一人ひとり違います。藤家さんと違う場面で苦しんでいる方も多いことでしょう。

ただ、自閉を始めとする発達障害の方々が、定型発達の人間からは想像もつかないつらさを抱えていらっしゃることは確かなように思えます。この本ではそれを表そうと方々に工夫をこらしました。

読者の皆様にこの本を読んでいただき、かけがえのないお子様の個性をそれぞれ見極めつつ、お子様にとってよりよい環境づくりのために、役立てていただけましたら幸いです。

どうしてこの本を書きたかったのか。

私はこの童話の主人公、ゆめ、と同じく、自閉です。
二〇〇三年の一月、発達障害の一種、アスペルガー症候群と診断を受けました。
日々の生活は、ずいぶん過ごしやすくなってきましたが、困ることもまだあります。

自閉について知ったのは、もちろん診断を受けてからです。
生まれつきの障害なのだから、治ることはありません。
でも、「自閉」の特徴を受け入れたあと、一つの目標ができました。
どうゆう環境なら、おびえずに生活ができるのか知ってもらいたいというものです。

自伝を出版させていただいたあと、講演の機会に恵まれました。

私が自閉独特の世界観を話すことによって、新しい発見を持ってかえられたお母さんや療育関係の方々がいらっしゃいました。

しかし、当事者の方や、講演に来てくださった皆さんから教わったこともたくさんありました。

先々で、私自身も大きく成長させていただいたのだと思っています。

障害を抱えていても、それを受け入れてくれる人々に、たくさん出会うことができたので、これまでの人生に意味を感じることができるようになりました。

家族が、自閉のもつ特有な考え方や身体の問題を知ってくれたことで、おびえる環境も少しずつ減ってきました。


そういう出来事を、いいことに還元できたらいいなと思い、私はこの童話を書きました。

母が残してくれている育児日記を読むと、赤ちゃんのときの私は音楽や本に興味を持っていたようです。

幼稚園の作品を見ると、手先が不器用なりに頑張っていたんだな、とも思いました。

どうしてこの本を書きたかったのか。

自閉の私ですが、家族や友人のおかげで、くじけたときもなんとか立ち上がることができます。

今は、我慢ばかりし続けると体に悪いし、息抜きをしよう、と自分で気づけるようになってきました。

つい休憩を忘れてしまう私の脳の特性は、周りの人たちのおかげで、健康的になってきたように思います。

環境と、それぞれの工夫次第で、アスペルガー症候群を含め、自閉の子どもたちが成長することは可能なことです。

「こんなふうに指導してもらったら、もっと幼稚園生活を楽しく過ごせるはず」

それをテーマにして物語を書くことで、ここまで支えてくださった方々に恩返しができたら、とても嬉しいです。

藤家寛子

1　プロローグ

「こころお母さん、八時です」

ゆめは時計の針を指差しました。

今日も学校に行く時間がきました。

ゆめはま新しいランドセルを背負うと、元気よく玄関の扉を開けました。

ゆめは、この春、小学校に入学した女の子です。


ゆめが元気よく角の電柱を曲がったのを見届けたこころお母さんは、「よしっ。今日も頑張るぞ！」と、ゆめに負けないくらい元気な声で言いました。

そして、もりもり頑張ることのできる毎日に、心から感謝をしました。

あれは、まだゆめが幼稚園に通っていた頃。
ゆめが五歳の頃。
こころお母さんの毎日は、涙がたくさん出る、つらい日々だったのです。

2 涙のわけ

「わあぁぁん。わあぁぁん」

耳が痛くなるような甲高い声が、高井戸家のリビングに響き渡りました。

ゆめの大きな泣き声を聞いて、こころお母さんはあわててキッチンを飛び出します。

そして、泣いているゆめに近づくと、「あぁぁ。どうしたの？　ゆめ、どうして泣いてるの？」と言いながら、ゆめの顔をのぞきこみました。

頭をなでようとした手を、「やあぁぁぁ」とわめきながらゆめがふり払うと、「もぉう。どうして泣いているのかわからないよ……」とつぶやいて、こころお母さんは、ゆめの隣にしゃがみこんでしまいました。


ゆめの泣き声は、一日に何度も響きます。

前触れもなく、理由もなく、ゆめは一日に何度も泣きわめくのです。

こころお母さんには、ゆめが泣く理由がわかりません。

きげんよくテレビを観ていたのに、突然泣き出してしまう。

自分からお散歩に行きたがったのに、外に出たら、また泣き出してしまう。

遊園地も、動物園も。

どんな場所に行っても、ゆめは必ず泣くのです。


あやしてもダメ。

叱ってもダメ。

泣いているときのゆめは、抱っこさえ拒みます。

こころお母さんは、どうしたらよいのか分からなくなり、「泣かないでっっ」と、強く言い放ってしまうことがありました。

こころお母さんが強い声で怒鳴ると、ゆめの泣き声も、ますます大きくなるので、こころお母さんも泣き出したい気分になります。

今日は、キッチンでハイターを使い始めたとたん、ゆめの泣き声が響いたのです。それまできげんよく絵本を読んでいたので、今日は大丈夫なのかも、と思っていた矢先の、ゆめの泣き声でした。

こころお母さんにはわけが分かりません。

暴れるわけでもなく、「わあぁぁん。わあぁぁん」と、ゆめは一心不乱に泣き叫びます。

暴れる日もたまにあります。

耳をふさいで唸《うな》ったり、自分で自分の頭をぶつこともあります。

今日は、ひたすら泣くだけの日のようです。


「ゆめ。ねえ、ゆめ。なんで泣くの？　具合悪いの？　ポンポン、痛い？」

こころお母さんが、ゆめのお腹に触れようとしました。

「やだあぁぁぁ」

ゆめはそう言って、こころお母さんの手を、ピシャリと打ちました。

「あっ。痛っ」

打たれた手よりも痛いのは、こころお母さんの心でした。

こころお母さんには、ゆめが泣く理由が、ちっとも分からないのです。

一生懸命な育児の日々。

泣き続けるゆめが腹立たしいことも、腹立たしく思う自分も、なんだかすべて悲しくなって、こころお母さんも、つい泣き出してしまうことがあります。

涙がポロポロとこぼれてしまうのです。

どうもできないし、どうもしてあげられない。

泣き声ばかりが毎日続くので、こころお母さんはすっかり疲れきっていました。


「ああ、どうしたらいいんだろう……」

こころお母さんは両手で顔を覆いました。

ハイターの臭いがツンと鼻につきます。

「掃除もやりかけ。でも、ゆめを放っておけないし……」

時計の針は、もうすぐ四時になろうとしています。

「ただいま。あっ、ゆめがまた泣いてるっ！」

　ゆめのお兄ちゃんの、のぞむが帰ってきました。

　のぞむお兄ちゃんは八歳。

　野球クラブに入っている、元気な男の子です。

「わあぁぁん。わあぁぁん」

「うるせー。僕、野球の練習でヘトヘトなのにさー」

　のぞむお兄ちゃんはそう言って、ランドセルを床に投げ置くと、リビングを飛び出していきました。

　こころお母さんは、

「のぞむ！　ちゃんとランドセルを片づけなさい！」

と大きな声を出してしまいました。

　その声に驚いたのか、

「わあぁぁあん。わあぁぁあん」

　ゆめがさっきよりも大きな声で泣き始めてしまいました。

　しばらくすると、のぞむお兄ちゃんが、ピンク色のフワフワした毛布を持って、リビングに戻

ってきました。

「僕、これを取りに行ってたんだよっ！　ランドセル、放ったわけじゃないよっ！」

少し腹立たしそうに言いながら、のぞむお兄ちゃんは、その毛布をゆめにかけてあげました。

そうすると、さっきまで泣き叫んでいたゆめが、「ひっく、ひっく」と、少しずつ泣きやんでいくではありませんか！

こころお母さんは、びっくりしてしまいました。

「なんで!?　のぞむ、この毛布どうしたの!?」

こころお母さんには、わけが分かりません。


のぞむはソファに腰掛けて、おやつのチョコレートを食べながら、「この前、ゆめがかぶってたんだ。あの、大泣きした日だよ。それかぶって、ゴロゴロしてたんだ。だから、持ってきてみたんだ」と言いました。

その、大泣きした日、というのは、一週間前の日曜日のことです。

その日は、ゆめのお父さんのヤスシが、おうちにお友達を呼んだ日でした。

「あの日かあ。お母さんは忙しくて、ゆめのこと構っていなかったの。毛布のことなんて、全然知らなかった。これ、ゆめがお気に入りの毛布だわ」

こころお母さんは不思議でたまりませんでした。

この毛布は、タンスの中に、かなり前にしまい込んだものだったからです。

「のぞむ。この毛布を、のぞむが取り出してあげたの？」

「うん、そうだよ。ゆめさ、この間、泣きながら毛布、毛布って言ってたんだよ。それで、僕の毛布をかけたんだけど、叩かれちゃったんだぜ！」

ばくっと、のぞむお兄ちゃんはチョコレートバーに噛《かじ》り付きました。

「それで、今度はゆめの部屋まで毛布を取りに行ったのに、それもイヤだって！」

「それで？」

「そういえば、ゆめ、お母さんがこの毛布しまってから、すっげー泣くの。だから、僕、出しちゃったんだ。お母さん、怒る？」

のぞむお兄ちゃんは、自信なさそうに、こころお母さんの方を見ました。

「まさか！」

「ほんと？」

「お母さんより、のぞむの方がゆめをよく面倒みてくれてるもんね……。お母さん、ダメだねえ」

こころお母さんは、少ししょんぼりしてしまいました。

まさかゆめがハイターの臭いで泣いているのだとは想像もしていなかったのです。

「だけど、僕、お母さんのカレーライスが世界一好きだから、お母さんダメじゃないよ！」

のぞむが言います。

「ゆめも、お母さんのカレーライスしか食べないんだぜ！　この前、赤坂先生が言ってたもんっ」

赤坂先生というのは、ゆめの幼稚園の保育士さんです。

のぞむお兄ちゃんも、幼稚園の時は、赤坂先生のクラスでした。

先月の幼稚園のバザーでゆめが大泣きをしたときに、赤坂先生が「ゆめちゃんは、お母さんが作ってくれたご飯じゃないと食べたくないみたいね」と、のぞむお兄ちゃんに言ったのです。

大きなお鍋で、みんなでカレーライスを作っていた時、ゆめは突然泣き出したのでした。

その時、こころお母さんは、知らない人に会ったのが怖くて泣いているのだと思ったのですが、どうやら違ったようです。

「赤坂先生が、ゆめはお母さんのお弁当しか食べないってさ！　お弁当のあとのおやつ、幼稚園の先生が作ったのは食べないって言ってたもん！」

そういえばだいぶ前に、好き嫌いを直してくださいと、赤坂先生が連絡ノートを書いてくれたことがありました。

こころお母さんは、毛布をかぶって、じっとしているゆめの方を見ると、「一度、病院に行こうかしら」と言いました。

「なんで？　ゆめ、具合が悪いの？」

「具合の悪いところがないか、お医者さんに診てもらうのよ。また具合が悪くならないように。ゆめがいっつも泣いちゃうのは、具合が悪いからかもしれないでしょ？」

のぞむは、しかめっ面をしながら、残りのチョコレートバーを、全部口の中に放り込みました。

「具合が悪いんじゃないよ。お母さんのご飯が一番おいしいから、人が作ったの食べないだけだよ。ゆめって、時々、すごくワガママじゃん？」

「じゃあ、ゆめの具合が本当に悪かったとしても、ワガママだって言う？　お医者さんに診てもらわないと、ワガママで泣いてるのかどうか、分からないよ？」

こころお母さんがそう言うと、一瞬考えたあと、のぞむは大きく横に首を振りました。

「やっぱ病院行ったほうがいいのかー。あー、ハラ減ったー」

「あ！　まだお夕飯の準備してなかった！」

こころお母さんは、すっくと立ち上がりました。

こころお母さんの一日は、ゆっくり考えることもできないほど、バタバタと忙しく過ぎ去っていくのです。

お仕事から帰ってきたヤスシお父さんに、こころお母さんは、「ゆめを一度、春日先生のところに連れて行こうと思ってるの」と話しかけました。

春日先生は、近所でも「腕のいい」と呼ばれる、内科のお医者さんです。

毎日大変なお仕事でクタクタのヤスシお父さんは、「あぁ、そう。そうしなよ」と返事をしただけで、一心不乱にご飯を食べ続けています。

こころお母さんは、こういう時にも、何度も泣きたい気分に襲われることがあります。

どうして病院に行くのか、理由を聞いてくれればいいのに。

こころお母さんは、いつも、そう思うのですが、お仕事でクタクタになっているヤスシお父さんを見ると、つい言えずじまいになるのでした。

「ゆめ、今日も突然泣き出したのよ。抱っこしても泣き止まないし」

「そっか。大変だったな」

そうなのです。

こころお母さんは、本当に大変だったのですが、ヤスシお父さんが、「俺も、今日はクタクタだよ」と言うと、それ以上は言い出せませんでした。

でも、こころお母さんは、もっと話したいと思っていました。

ヤスシお父さんは優しい人です。

こころお母さんと、とても似合いの夫婦です。

でも、ヤスシお父さんも、一日中、会社で働いて帰ってくるので、お夕飯を食べたらベッドに直行して、ぐっすり休みたいと思うのでした。

実は、こころお母さんも、ヤスシお父さんと同じように、ぐっすり休みたいと思っているのです。

ゆめは今、ソファの上に、仰向けに寝転がって、じっとしています。

天井をキョロキョロ見回しているのですが、泣いていないので、こころお母さんは、それだけで安心でした。

こころお母さんは、まだ知りません。

ソファの上に、仰向けに寝転がっていることが、ゆめにとっての「安心」だ、ということを。

3 迷路の入り口

こころお母さんは、あまり新聞を読みません。

というよりも、読む時間もないという具合です。

ヤスシお父さんの出勤の準備をして、子ども二人を送り出し終わった頃には、ぐったりと疲れてしまうのです。

テーブルの上にのっている使い終わった食器を見るだけで、気分が下降してしまうのです。

「面倒くさい……。やりたくないなあ」

どんより曇《くも》り空を見つめて、ちょっと一息のつもりで、こころお母さんはソファの上に寝転がりました。

「うあぁ。気持ちいいいっ」

こころお母さんは、そのまま伸びをしました。

背中の骨が、バキバキっと音を立てます。

「凝ってるなあ。腰も痛いし、午前中は一休みしちゃおうっと」

そんなふうに言いながら、こころお母さんはテレビのリモコンを手に取りました。

「テレビを観るのって、久しぶりかもしれない。何をやってい・る・の・か・なっ！」

パチパチとチャンネルを変えていると、育児番組が流れていました。

こころお母さんは、せっかくなので、近くにリモコンを置いて、ソファに深く腰掛けなおしました。


テレビの人が言います。

「最近はこういうお子さんは、めずらしくありません。かなり高い確率でいると思います」

途中から観《み》たせいもあって、こころお母さんには、意味が分かりませんでした。

「発達障害《はったつしょうがい》は、それほど身近なものなのです」

「ハッタツショウガイ？」

テレビの人は続けて訴えています。

「日常の中にこそ、障害があるのです。ですから、やはりご家族が注意して、その子どもさんについて知ることが大事ですね」

司会者らしい女性が、『よくみられる特徴』と書かれたボードを出しました。

チャンネルを変えようとしていたこころお母さんの手が、ピタリと止まります。

ボードが変わっていくたびに、こころお母さんの胸は、早鐘を打つように、ドクドクと不安に震えます。

「ち…ちょっと待ってよ。そりゃあ、当てはまる部分もあるけど。ほら、部屋中駆け回ったりしないし！　でも、ゆめは体に触ると強烈に嫌がるし、泣くし……。でも…でも……」

こころお母さんの頭の中では、でも、という言葉が飛び交っていました。

たまに、当てはまるところもあるのです。

認めたくなくても確かにあるのです。

ゴクっとつばを飲んだこころお母さんは、「当てはまることはあるけど、そうじゃないところの方が多いっていうのを確かめに行こう」と思いました。

まるで自分に言い聞かせるように、「行こう」と何度も繰り返しました。

ふと食卓の上を見ると、新聞がのっています。

ヤスシお父さんが、読み終わったまま、二つ折りになっています。

こころお母さんは、新聞を手に取りました。

そして、急に追いつめられた気持ちになり、さっきの番組のゲストだった人の名前を、紙に書き写しました。

今日の天気は、あいにくの雨です。

窓の外では、ザーザーと音を立てながら、雨が降りそそいでいます。

「ふうぅ、秋の長雨ですかぁ……」

こころお母さんは、うらめしそうに言いながら、お化粧をしています。

ゆめをお医者さんに診てもらうことにしたこころお母さんは、春日先生の病院に、予約をとったのです。

ヤスシお父さんには、お腹《なか》の調子を見てもらうとしか言えませんでした。

春日先生の病院は、いつも患者さんでいっぱいなので、こころお母さんは五時半に起きたのです。

そういうわけで、今日は朝から、あくびばかりが出ます。

ゆめが泣き出さないことだけが救いでした。


ゆめは毎朝、「きらきらスタジオ」というテレビを観ています。

若いお兄さんとお姉さんが、唄を歌ったり、体操をしたりする番組です。

特に、お姉さんが「絵本」を朗読する、八時十五分からの三分間がお気に入りで、ゆめはその時間になると、必ず自分の持っている「絵本」を取りに行くのでした。

そして、お姉さんがページをめくると、ゆめ自身もめくり、「今日はここまで」とお姉さんが言うと、ゆめも「今日はここまで」と言うのです。

そうすると、ゆめは「安心」するのでした。

まるで、小学生が、夏休みの課題を期日中に終えることのできた時のように、心の中が「安心」で満たされるのです。

お気に入りの三分間が、時間通り過ぎていきました。

ゆめはきげんよく「今日はここまで」を言い終わると、ソファの上に、仰向けに寝転がりました。

いつもなら、もう五分もすれば、幼稚園からのお迎えバスが来ます。


ゆめはいつも、時計の針が八時二十五分をさすまで寝転がっていることにしているのでした。

（今日は火曜日。幼稚園に行く二番目の日。ハンカチ入れの、上から二枚目の日だ）

ゆめは天井をじっと見つめながら、そんなことを考えています。

（二枚目のハンカチの日。砂場で遊ぶ、の日だ）

ゆめは突然、ソファの腕置きの部分を、両足で蹴《け》り始めました。

ドシドシドシ。

大きな音に、こころお母さんが気付きます。

「ゆめぇ、ドシドシしたらダメでしょー？」

こころお母さんが言います。

ゆめは思いました。

（ドシドシ、ダメだって。ドシドシってしたいのに。）

ゆめがドシドシとソファを蹴るのは、砂場を思い出したからでした。

たくさんの園児たちが、ごちゃまぜになって、狭い砂場で遊ぶのが、ゆめは嫌いなのです。

しかも、それを上手く表現できないゆめのことを、同じキリン組の女の子の、潮田慶都ちゃんが怖い顔をしてにらむのです。

ゆめには、ぽっちゃりして愛嬌のいい、仲町純ちゃんというお友達がいます。

その純ちゃんでさえ、慶都ちゃんがにらむと、どこか別の遊び場に逃げたくなるほどなのです。

火曜日は、心臓がズクズク痛んで、ゆめが一番嫌いな曜日ですが、嫌いという言葉は、本当はゆめが感じているものを表してはいません。

ゆめにとって本当は、「嫌い」ではなくて、「怖い」なのです。

「ゆめちゃんは、砂場遊びが嫌いなのかもしれません。どうしても、みんなの輪の中に入れません」

赤坂先生は、いつも隅っこにばかりいるゆめを気にして、そんな風に連絡帳に書いてくれました。

ワイワイ、ガヤガヤ。

元気なクラスメートは、遊び道具をすぐ取りに行きますが、大人しいゆめが箱をのぞく時は、スコップが残っているだけ。

騒々しい声の中で、ゆめができるのは、見ているだけになってしまうのです。

水をまかれた砂場では、赤坂先生とみんなが作ったお城や川があるのですが、ゆめにとってはとても歩きにくいものなのです。

サラサラ、乾いた砂は、砂場の端っこにしか残っていません。

お絵かきや、歌の時間と違って、題目を与えてもらえない砂場の時間。

今のゆめには、遊び方さえ分かりません。

ドシドシドシ。

ゆめは知らない間に、またソファを蹴ってしまいました。

「もおー、ゆめっ」

こころお母さんの声が、大きくなります。

その声に驚いたのか、ゆめはドシドシをグッとこらえました。

仰向けの姿勢のまま、膝を抱きかかえて、まるでダンゴ虫のようです。

ゆめは、ずっとこのまま、ソファの上に寝転がっていたい気分でした。

たまに、ごろごろと体を左右に転がしながら、もしも、この瞬間がずっと続いたら、もうドシドシをしないのに、と思っていたのでした。


ピンポーン。

玄関に甲高いチャイムの音が響きます。

ゆめのおうちの近くには、同じ幼稚園に通っている子どもがいません。

車で五分のところに、リス組の子どもたちが数人住んでいる程度で、ゆめのいるキリン組のお友達は、幼稚園のすぐそばに住んでいます。

ゆめは、幼稚園のバスが嫌いです。

運転手のおじさんは、いつも大きな咳払いをするし、リス組さんは、やんちゃな子どもたちばかり。

そして、長い間工事中の道路を通ると、ゴウンと大きくバスが揺れるからです。

「おはようございまーす」

バスに乗ってきてくれる吉祥寺先生は、いつも元気いっぱいの明るい先生です。

ゆめはその先生が嫌いではないのですが、とても大きな声で早口で喋るので、いつもビクビクしてしまいます。

「ゆめちゃーん。仕度できてるかなぁー？」

吉祥寺先生が大きな声で言うので、こころお母さんはつられて、「はーい。お待ちくださーい」と甲高く叫びました。

お化粧道具がかちゃかちゃと鳴ります。

急いでポーチにしまわれるコンパクトを見ていたゆめは、無造作に押し込められたお化粧道具のように、息苦しくなりました。

ふだんと違うこころお母さんの声で、ゆめは動けなくなってしまったのです。

いつもよりもっと熱いものが、喉の奥からぐんぐん上がってくる感覚に襲われてしまい、ダンゴ虫の格好のまま、丸くギュッと固まってしまいました。

ゆめは、思わずドシドシをしそうになったのですが、はっと、こころお母さんの声を思い出しました。

（ドシドシ、ダメだぁ。お母さん怒るもん。だけど、ドシドシ、したいよぉ……）

まるで呪文のように頭の中で何度もつぶやきながら、ゆめの瞳は、だんだん、ショボショボとかすんできてしまいます。

こころお母さんは、「はーい。お待ちくださーい」と言うと、かちゃかちゃとお化粧道具をしまいました。

「ゆめ、今日は病院に行くから、幼稚園お休みね。吉祥寺先生に言ってくるから、寝んねしてていいよ」

こころお母さんは、パタパタとあわてて玄関へ走っていきました。


（お休み？）

ゆめは静かに起き上がると、ドアを開けて、玄関の方をのぞきこみました。

こころお母さんが軽く頭を下げています。

ゆめがのぞいていることに気付いた吉祥寺先生が、ひらひらと手を振りました。

「ゆめちゃん、お大事にぃ」

そう言った吉祥寺先生は、元気よく玄関を出て行きます。

「あー。忙しくて連絡するの忘れてたぁ。ドジー。ゆめ、今日は病院に行こうね」

こころお母さんがゆめの横を通り過ぎながら言いました。

ゆめはきょとんとしながら、こころお母さんの後ろをついていきます。

「ゆめの体に悪いところがないか、お医者さんに診てもらおうね。あーん、してくださいって言われるから、あーん、練習しようか？」

こころお母さんは優しくゆめの頭をなでました。

「あーん？　ゆめ、あーんするの？」

「そうよ。お医者さんが言うの。そしたら、やろうね」

ゆめの頭の中に渦巻いていた不安は、すっかりなくなっていました。

幼稚園をお休みすることも、大嫌いな砂場で遊ぶことも、騒々しいバスのことも、全部なくなっていました。

そして、あーん、のことだけが、ゆめの頭の中を独占していました。


病院に行くまでの二時間、ゆめはふだん、幼稚園でやっているように、楽しくお絵かきをして過ごしました。

こころお母さんは、ゆめの横で、アイロンをかけています。

けれども、ゆめが病院を嫌がらないことに、今回もほっと胸をなでおろしていました。

ゆめは、これまでに何度か病院に行ったことがあります。

そして、一度もぐずったことがないので、こころお母さんは少し自慢に思っていました。

「ゆめはお利口さんねぇ。えらいねぇ」

こころお母さんがゆめの頭をなでました。

ゆめは目をぱちくりさせて、こころお母さんを見つめました。

そして、にっこり笑うと、自分の頭を、くいっとこころお母さんの方に突き出しました。

「もう一回？　いいよ。ゆめ、お利口さぁぁん」

こころお母さんはそう言いながら、くしゃくしゃとゆめの頭をなでます。

（きもちいい。くしゃくしゃ、好きぃ）

ゆめはそんな風に思っています。

ほめられたことがうれしいというわけではないのでした。

こころお母さんが何度もなでてくれるので、ゆめはごきげんな笑顔をして、けたけたと声を上げて笑っていました。


シトシト小雨になった頃、ゆめは病院の待合室で、あーん、の順番が来るのを、とても大人しく待っていました。

（あーん、いつするのかな？）

ゆめはキョロキョロとあたりを見回します。

小さな本棚に、世界文学集が並べられているのを見つけると、「ゆめ、本のところ行く」と言って、こころお母さんの袖を引っ張りました。

「えー？　ゆめ、まだあの本読めないよ。絵もたくさん載ってないよ？」

「行くのぉ」

そう言ったゆめのかわいい口の両端が、しゅんと下を向いたことに気づいたこころお母さんは、「わかったわかった。行っておいで」と、仕方ないというような顔をしながら、ゆめを椅子から下ろしました。

本棚の前にちょこんと腰を下ろしたゆめは、本を手に取るわけでもなく、並んでいる分厚い本を、じーっと見つめてばかりいます。

こころお母さんは、その光景を笑顔で見つめていました。

どれを読もうか一生懸命に悩んでいるに違いない。

ゆめは本当に、本が大好きな子。

そんな風に思っているこころお母さんには、本棚の前に座っているゆめが、とても微笑ましく思えたのです。

こころお母さんがそんな具合にゆめを見つめている時、（一、二、三、四……）、ゆめは、心の中で数を数えていました。

（右から、一、二、三、四、五……。次、左から）

ゆめは、並んでいる本の数字を、順番に心の中で数えています。

右から、左から、そして、また右から。

分厚く、少し色あせた本たちが、一列に並んでいる本棚を見ていると、不思議とゆめは安心できるのでした。

何度も繰り返して数を数えることが、ゆめには楽しいことなのです。


「ゆめ、この本がいいよ」

本棚に近づいてきたこころお母さんが、一冊だけ本を抜き取りました。

「お姫様がいっぱい出てくるよ。お母さんが読んであげるから、おいで」

その瞬間、ゆめの顔が曇りました。

ゆめは、がっかりしたのです。

（お母さんが取っちゃった。五のつぎ、七になっちゃう。ぶうう）

ゆめは心の中で、そう思いました。

「ゆめ、おいでよ」

再び椅子に腰を下ろしたこころお母さんが、手招きをしました。

でも、ゆめはふり返りませんでした。

ポッカリ空いてしまった「第六巻」の隙間《すきま》を、カリカリと爪で引っかきながら、相変わらず、

（五のつぎ、ぴょんしないとダメ。ぴょん、やだな）と思っていました。

こころお母さんは、少し不安になりました。

待ち時間が長すぎて、ゆめが不きげんになってしまったと思ったのです。

泣き出したら大変。

焦ったこころお母さんが、ゆめのもとに行こうと立ち上がったその時、「高井戸ゆめちゃーん、どうぞー」と、看護婦さんが声を上げました。


こころお母さんは、とてもほっとしました。

「ゆめぇ。あーん、する時間だよ」

ゆめの横に座ると、こころお母さんは、ゆめの顔をのぞき込みました。

何やら、とても真剣な顔をしているゆめは、こころお母さんの言ったことなど、ちっとも聞いていないという様子です。

「ゆめ、あーん、するんでしょ?」

トントンと肩を叩かれて、ゆめはこころお母さんが真横に座っていることに、やっと気づいたようでした。

「あーん?」

「そうよ。お医者さん、待ってるよ」

「うん。わたし、あーんする」

ゆめはすっくと立ち上がると、聞き分けよくこころお母さんのあとについて、診察室の中に入っていきました。


春日先生は、白髪交じりの、初老の先生です。

ゆめは春日先生の病院に初めて来たのですが、「どうぞ。ここに座ってください」と、静かに言ってくださったので、怖くありませんでした。

先生の机の上には、いろいろな書類や、たくさんのボールペンが置いてあり、電気スタンドのすぐ左横に、あーん、をするための、鉄製のヘラのようなものが、消毒液を入れたビンの中に入れてありました。

ゆめは、あーん、をするのが初めてではないので、（あーんの棒だ）と心の中で思いました。

ビンは薄茶色の半透明のガラスでできていて、消毒液に浸っている部分のヘラが、ふにょっと曲がって見えました。


「今日は、どうなさいました？」

「あの、特にこうってわけではないんですが、すごく泣くというか……。あの、本当に火がついたみたいに泣くんです。結構、しょっちゅう泣きます」

　こころお母さんは、自分の言いたいことが、うまく言葉にできない感じでした。

「幼稚園でも泣いてるみたいで。えっと、うちの母なんか、腹の虫じゃないの？　とか言うんですけど」

　そう言って、少しおどけたこころお母さんは、「じゃあ、特にどこか具合が悪いっていうわけじゃないんですね？」という春日先生の言葉に、すこし緊張してしまいました。

「あ、はい…。あの、たまに泣きすぎて、吐きそうになっていて、ちょっと、私から見ても泣きすぎるなと思ったので……。それに、その……。」

　こころお母さんは、思わず口ごもってしまいました。

「どうしました？」

「聞き分けがないってくらい、かんしゃくを起こしたり、話しかけても、そのぉ…反応がない時もあるし、たまに噛まれたりして、叱ると泣きわめいて」

「他には、どんな時に泣かれますか？」

　春日先生の肩越しに、看護婦さんがそう尋ねました。

　ちょうど、ゆめのおばあちゃんくらいの年の人です。

「それが、あの、突然泣くことが多いです。なんでって思うくらい。だから、いつも気が抜けなくて」

「お母さんはそうよねぇ」

看護婦さんが相づちを打ってくれたおかげか、こころお母さんは、少し緊張がほぐれました。

「ふだんは、よその子より、よく熱を出します。風邪《かぜ》かなと思うと違ったりして」

「今までに、大きな病気をされたことはありますか？」

「特にないです。去年、水ぼうそうをやったくらいです」

「そうですか」

春日先生は、そのことをカルテに書き込んでいます。

その時、ゆめはヘラの入ったビンを見つめていました。

おとなしく椅子に座って、ひたすらビンを見つめていました。

「ゆめちゃん？」

春日先生がゆめを呼びました。

ゆめは、あーん、だと思って、大きく口を開けます。

今までじっと座っていたゆめですが、春日先生に呼ばれたとたん、なんだか、目がキラキラしているように見えました。

春日先生は、はじめ、ゆめが何をしているのか見当がつかなかったのですが、大きく口を開けながら、小さな声で「あーん」と言っているのが聞こえたので、

「はい。あーんしますよ」と言って、ヘラをゆめの舌の上に乗せました。

ヘラの冷たさが、ゆめは大好きでした。

（ひやっとした。気持ちいいな。もう一回したいな）

ゆめはいつもそう思います。

病院に来れば、この、気持ちのいい、ひや、ができることを知っているので、ゆめは病院と聞いても、少しも怖がったりしなかったというわけでした。

「よくできました」

春日先生にほめられて、ゆめは上きげん。

次は聴診器《ちょうしんき》です。

シャツを上げて、お医者さんが聴診器を当てると、また、ひや、ができるので、ゆめは、早くしたいなと思っていました。

この、聴診器の時は、必ず看護婦さんが、椅子をくるりと回して、部屋の逆の方を向くことになっています。

ゆめは、ただ、看護婦さんが椅子を回したら、ひや、がするのだと思っていました。

「今度は、胸と、お腹の音を聞きますからね」

そう言えば、どの病院の先生も、聴診器の、ひや、の前には、必ずそう言います。

ゆめは、ちっとも意味が分かりませんでした。

（胸とお腹の音ってなんだろう。ひや、のことかな？）

看護婦さんがシャツを持ち上げてくれるので、ゆめは、春日先生の聴診器を見つめながら、ずっと考え事をしていました。

（先生、お耳に何か入れてる。お腹にペタっと付いてるのとおんなじかな？　そしたら、ひやって聞こえるのかな？）

ゆめが予想していた通り、看護婦さんが、「はーい。次、背中の音を聞きますよ」と言いながら、椅子をくるんと回転させました。

今、ゆめには、ついたてと、その向こう側に、白いドアが見えています。

さっきまでお腹につけられていた、ペタ、がないのに、今、一瞬、ひや、を感じました。

看護婦さんが椅子を回した時は、いつもこうです。

ゆめは、それを不思議だなと思っていました。

お腹の、ペタ、がないのに、やっぱり、ひや、とするからです。

でも、気持ちいいので、それで満足だと思っていました。

実を言うと、ゆめは自分に背中があることを、知らないのです。

このように、ゆめは診察中、いつも頭の中で一人でおしゃべりをしているので、とてもおとなしく、先生や看護婦さんからほめてもらってばっかりでした。

「特に、異常はないみたいですね」

ゆめの座っている椅子が正面に戻った時、こころお母さんと春日先生が話していました。

「ちょっと、触診《しょくしん》してみますから」

春日先生は立ち上がって、ゆめに、ベッドに横になるように言いました。

ゆめにとって、触診は初めてのものでした。

これまでは、あーん、と、お腹の、ペタ、がすむと、看護婦さんにほめてもらって、こころお母さんと一緒に部屋を出てくるというのがお決まりでした。

そういうわけで、ゆめは椅子からなかなか立ち上がろうとしません。

「ゆめちゃん、あそこにお寝んねしようねぇ」

看護婦さんがゆめを立たせようとするのですが、お尻に根っこでも生えてしまったかのように、動かないのです。

あわてたこころお母さんが、「ゆめ、看護婦さんの言うこと聞かなきゃダメでしょ？　ね、あそこにゴロンしようね」

ゆめの腕をつかんで引っ張りました。

こころお母さんは、ふだんは突然引っ張ったりしないのですが、春日先生を待たせると悪いと思ってしまい、つい強く引っ張ってしまったのです。

ゆめはびっくりして、「あああー」と叫びました。

それは、大声を出して、拒否しているようでした。

さっきまでおとなしかったゆめが、突然大声を上げたので、同じ部屋の薬棚で作業をしていた若い看護婦さんが、驚いて、トレイを落としてしまいました。

鉄でできたトレイには、たくさんのものが乗っていたようです。

ガーゼを詰めた袋や、ピンセットや、ガラスでできていたので、割れてしまったものもありました。

ガシャーン。

パリーン。

診察室に大きな音が響きました。

びくっと激しく身をすくめたゆめは、とうとう泣き出してしまいました。

ゆめの耳元では、さっき響いた鋭い音が、いつまでも繰り返し聞こえているのです。

頭の中が、ガシャーンという音で満杯になってしまったのです。

ゆめは怖くて、そして不快で、でも、どうしようもなくて泣き出してしまったのです。

そんなことなど知る由もないこころお母さんは、「ゆめ、看護婦さんにごめんなさいしなさい！」と、叱るような口調で言いました。

その声に、ゆめは再び身をすくめます。

「すみません、先生。弁償いたしますので。申し訳ありません」

頭を下げるこころお母さんを気遣うかのように、年配の看護婦さんがうなずいています。

「わあーん、わあぁーん」

春日先生はベッドの側で、泣きじゃくるゆめを見つめながら、ふと、頭に浮かんだことがありました。


「お母さん、ゆめちゃんは、大きな音がした時に、よく泣くということはありませんか？」

自分の椅子に腰掛けた春日先生は、ガサゴソと、何かを探している様子です。

「大きな音…ですか？」

「そうですね、どちらかというと、金属音や。例えば、さっきのような音です。それから、人ごみなど……」

「あ！」

泣きじゃくるゆめを見下ろしながら、こころお母さんは、ヤスシお父さんが会社の同僚を数人連れてきた日のことを思い出しました。

ゆめは、ヤスシお父さんの同僚を見たまではよかったのですが、食事会が進んでいくにつれ、ひどく泣いたのでした。

確かにあの時、こころお母さんも、少しうるさいなとは思っていました。

でも、お酒を飲んで声が高くなることは多いので、我慢していたのです。

「うちの主人が、お酒の席でワイワイやってまして、その時、ひどく泣いたことがあります」

春日先生はこころお母さんの話を聞きながら、本の間をパラパラしたり、ファイルを開いてみたり、まだ何かを探しています。

「私が食器を落とした時に、すごくぐずったりもしました」

「うむ」

「もしかしたら、耳が悪いんでしょうか？」

「いえ、そういうのとは違って……。ちょっとお待ちください。今、探しているので」

こころお母さんは、急に不安になりました。

そして、後悔しました。

もしかしたら、ゆめはどこか具合が悪いかもしれないのに、さっき、叱ってしまったからです。

こころお母さんが優しく頭をなでるのですが、ゆめはちっとも泣きやみません。

「婦長、大宮くんがこの間持ってきた冊子《さっし》はどこに置いたかね？　確かここに置いていたとは思うんだが……」

「大宮先生のですか？　あ、あの冊子ですね。はい、今もってまいります」

ゆめのおばあちゃんくらいの看護婦さんは、婦長さんだったようです。


「お母さん、どうぞ。座ってお待ちください」

他の看護婦さんが、パイプ椅子を持ってきてくれました。

「ありがとうございます。あの、先生、大宮先生というのは……」

こころお母さんが聞こうとした時、婦長さんが例の冊子を持って戻ってきました。

「看護婦の勉強会に使ったんでした。すみません、戻しておかなくて」

「そうだったか。じゃあ、君の方が僕より詳しいかもしれんな。お母さん、ゆめちゃんには、もしかすると発達障害の症状が見られるかもしれません」

春日先生は、こころお母さんに冊子を見せながら言いました。

こころお母さんの全身が、激しく脈打ちました。

「え……？」

「私も専門外で、ちょうど、私の教え子がその分野を勉強しているところでして。つい最近、この冊子を持ってきてくれたんですよ」

「あの…発達ってことは、耳の成長が人より悪いとか…そういうことですか？」

こころお母さんは、身長の伸びに個人差があるのと同じように、耳の発育にも個人差があるのかと思ったのです。

「いえ。脳の発達の仕方が特殊で、もし発達障害であったとすると、広い意味での自閉症にあたります。と言っても、実は私たちもまだまだ勉強不足で、はっきりとは言い切れないのです。自閉症といっても、知的障害のないタイプという障害が、最近では知られてきたようなんです」

「……は？」

春日先生の一言に、こころお母さんは、ぽかんとしてしまいました。

そして、聞き間違いではないかとも思いました。

「じ、自閉症……。え？　ええ？」

こころお母さんの頭は、一気に大混乱状態になりました。

発達障害という言葉が出されただけでも、息が止まりそうだったのに、自閉症とは予想もしていない言葉でした。

「一度、専門の病院にかかられることをおすすめします。この、大宮先生というのは勉強熱心でして、いい先生ですから。紹介状を書きますから、行ってみてください。この冊子も、コピーして差し上げますね」

春日先生が冊子のコピーを婦長さんに頼んでいるのを見つめながら、こころお母さんは、心の中で叫んでいました。

ゆめが自閉症なわけない！　幼稚園のお絵かきコンクールで金賞を取ったんですよ？　字もた

くさん読めるし、とにかく、自閉症のはずないですよ！

こころお母さんは、何度も心の中で叫びました。

でも、一言も口にはできませんでした。

ひたすら呆然として、その日は、春日先生に書いていただいた紹介状と冊子と、泣き続けるゆめをおんぶして、重たい気持ちも一緒におうちへ帰ったのでした。

4 出口を捜しながら

おうちに帰ったこころお母さんは、なかなかバッグの中から、春日先生にいただいた冊子のコピーを、取り出せずにいました。

お夕飯の準備をしながら、ヤスシお父さんが、いつものようにヘトヘトに疲れて、今日の病院のことをきくのを忘れてくれたらいいのに、と思っていました。

でも、そんな時に限って、ヤスシお父さんは、残業がなかったと、久々に笑顔で帰ってきたのでした。

「今日、病院はどうだった？」

開口一番、ヤスシお父さんが聞きました。

「うん、特には……」

炊飯《すいはん》ジャーからご飯をついでいるこころお母さんは、なぜか、春日先生から教わったことを言えませんでした。

隠そうとしたわけではないのです。

でも、なんと切り出したらいいのか分からずに、つい言ってしまったのです。

「そっか。病院に行っといたら、なんか安心だもんな」

「うん……」

「近所でも評判いいみたいだし、今から、春日内科にするか、かかり付け病院ってやつ」

もぐもぐ。

ヤスシお父さんは、コロッケを大きく頬張りました。

「ゆめは?」

「のぞむと一緒にいるよ。今日は、のぞむ、いっぱい算数の宿題が出されたみたいで、それやってるの。ゆめは、積み木遊び。多分、のぞむのノートに数字がいっぱいあったからだろうね。ほら、あの積み木、数字書いてあるし……」

「そっか。ま、泣いてないからいいな。今日の病院で疲れて、泣く元気がなかったりして」

ヤスシお父さんが、のぞむの部屋の方に視線をやりながら言います。

「とか言ってると、泣いたりするんだよな。あんまり言わないでおこう」

もう、こころお母さんは我慢できなくなったのかもしれません。

ヤスシお父さんのグラスにビールを注ぎながら、ぽろぽろぽろと大粒の涙がこぼれ落ちました。次から次にあふれだしてくる涙で、こころお母さんの顔はびしょ濡れです。

ヤスシお父さんはびっくりしてききました。

「おい、なんで泣いてるんだよ⁉　なんだよ⁉！」

「うっ……」

涙のせいで鼻がつまったのか、こころお母さんはしゃくり上げながら、ソファーの上に置いてあるバッグを取りに行きます。

そして、春日先生にもらった『発達障害への理解』を取り出すと、テーブルの上に広げました。

「何これ？　発達障害って何？」

ヤスシお父さんがコピーを手に取ります。

「うっ…、ゆ…ゆめ、それかもしれない……。じ…自閉…症の…一種かもって……」

こころお母さんの言葉は、途切れ途切れになっていました。

「ごめ…ん。すぐ、切り出せなか…った……。きょ…今日の病院も…本当は、ううっ…これじゃないって…確かめ…に行った…んだもん。でも……」

こころお母さんは両手で顔を覆いました。

ヤスシお父さんは、深くため息をつきます。

「泣くなって。自閉症の一種って言われても全然分からないけど、とにかく、これ読もうよ。

な？　こころ、もう泣くなって。ゆめがもらい大泣きしちゃうって」

「う…うん。そうだよね……」

こころお母さんが涙をぬぐいます。


春日先生からもらった『発達障害への理解』は、発達障害と呼ばれる人たちの症状が、分かりやすく書かれている入門書のようなものでした。

二人が同時に読めるようにと、ヤスシお父さんが、ファクス機で、コピーを取ります。

「春日先生が、紹介状を書いてくれたんだぁ」

「そっか。じゃあ、行こうな。とにかく、まず読むことが先か」

こころお母さんは、とても心強く感じました。

ヤスシお父さんは優しい言葉をかけながら、テキパキとコピーを取っています。

でも、本当は、ヤスシお父さんの心の中も、不安でいっぱいだったのです。

ヤスシお父さんは、「発達」という文字よりも「障害」という文字の方が気になっていました。

「まず、メシ食うよ。腹が減っては、ってやつかな」

いつもよりよく喋る自分に、ヤスシお父さんは気づいていました。

笑って、深く考えすぎないようにしていることにも、気づいていました。

「私、子どもたち呼んでくる。久しぶりだもんね、家族そろってのご飯」

こころお母さんはのぞむお兄ちゃんの部屋の方へ走っていきました。


「あー、お父さんっ」

のぞむお兄ちゃんが、ヤスシお父さんのもとにかけ寄ります。

「ちっとも算数がわかんねーんだ！　お父さん手伝ってよ！」

「自分でやれよ。今日はお父さん、疲れてないから教えてやるから。な！」

のぞむはちょっと不服でした。

どうせなら、半分くらい解いてもらいたいと思っていたからです。

「お父さんやってよ」

「お前の宿題だろ？　自分でやらないとダメだ」

どうやら、本当に解いてはもらえなさそうなので、のぞむお兄ちゃんはガッカリしました。

「ちぇーっ。お母さん、ハラ減った」

のぞむお兄ちゃんは、どかっと椅子に座りました。

「ゆめは今日、病院に行ったんだろ？」

少し遅れて席に着いたゆめに、ヤスシお父さんがそっと話しかけました。

「うん。ゆめ、ちゃんと、あーんってしたよ。だけど、そのあと泣いたの、いっぱい。怒る？」

「全然怒らないさ」

その会話を背中越しに聞いているこころお母さんは、つい泣きそうになってしまいます。

それを、ぐっとこらえて、おかずをお皿に盛りつけました。


こころお母さんがお風呂から上がって寝室に戻ると、ヤスシお父さんが、ベッドの上で熱心に『発達障害への理解』を読んでいました。

「どう？　ゆめ、それだと思う？」

「うーん……」

ヤスシお父さんの返事は、いまひとつ、ぱっとしない感じです。

「そうと言われればそんな気もするし、違うって言われたら違う気もするな。正直、全然分からないよ。難しい」

ゴロンと寝転がったヤスシお父さんは、クシャっと髪をかき上げました。

「えー。ヤスシがそうなら、私、全然分からないかも……」

「いや。俺、一日中ゆめといるわけじゃないから、かえって、こころの方がわかるかもな」

「だけど、私、字を読むの苦手だもん」

こころお母さんは、ヤスシお父さんの返事に、不満気に答えました。

「違うって。内容じゃなくて、あー、ほら、例えば、ここ。抱っこされるのを嫌がります、とか、俺はメシ食ってる時のゆめくらいしか知らないからさ。日常、一緒にいる母親の方が分かるんじゃないかって思って言ったわけ」

抱っこされるのを嫌がるかしら？

こころお母さんはタオルで髪の毛を拭きながら、ふだんのことを思い出していました。

「別に、そんなことない気がする。私のお膝に座っていたりするもん。嫌がってたら来ないと思わない？」

「春日先生の勘違いってことも、ないわけじゃないしな。ゆめ、言葉も早かったし」

「そうだよねっ」

こころお母さんは力強く言い、ブラシを手に持って、のっしとベッドの上に乗り上がりました。

「私も、子どもの頃ひどく泣いてたってお母さんが言ってたし、私の遺伝かもしれない！　きっとそれだよっ！」

「……」

ヤスシお父さんは、少しあきれ顔です。

さっきまで泣いていたのに、と思うと、笑いがこみ上げそうになりました。

こころお母さんは泣き虫なのですが、元気になるのも早いのです。

いつもそうなので、ヤスシお父さんはおかしかったのです。

「あー、なんか、元気になってきた！」

ぴょんと、こころお母さんがベッドから下ります。

「でも、せっかく紹介状を書いてもらったんだから、ちゃんと病院行けよ！」

「うん。行く行く」

こころお母さんは、ドライヤーのスイッチを入れました。

ビューっと風が吹き出して、その時は、まるで今日の重たい気持ちも、どこかへ一緒に吹き飛ばされていくような気がしていました。


紹介状を書いてもらえたことで、こころお母さんにはゆとりができました。

春日先生も、あまり急き立てる様子ではなかったので、のんびり解決すればいいと思えるようになったのです。

しばらくすると、こころお母さんは『発達障害への理解』を読んでみようという気になりました。

この本は、全部で二十ページくらいの本で、四つの章に分かれています。

そう厚くはない本ですが、こころお母さんは毎日がてんてこ舞いなので、少しずつ読むようにしていました。

本が好きではないこころお母さんが、これを読み始めて数日。

この本の最初を読んだ限り、ゆめは発達障害ではないかも、という淡い期待がうまれ、そして、その期待と共に、読み進めるスピードも、グーンと遅くなってきたのでした。

こころお母さんのきげんがよいと、ヤスシお父さんもうれしそうです。


幼稚園の赤坂先生にも、『発達障害への理解』を読んでもらいました。

突然の出来事に驚いてしまうのは、幼稚園にいる間も同じようです。

「幼稚園の時間割を書いて貼ってあげたら、すすんでみんなの輪に入ってこられるようになりました」

こころお母さんは、連絡帳を読んで、こう思いました。

確かに、ゆめは何をするときものんべんだらり。

いつまでもひとつのことだけをやっているわ。

『発達障害への理解』のなかには、指示を明確に与えた方が行動しやすい、と書いてあった気がします。

こころお母さんは、ただ、本を読むだけではなく、ノートに書き写すようにしました。

（お母さん、お勉強してる。それに、セカセカしてなぁい）

ゆめも、本とノートをもってきて、お勉強ごっこをはじめるようになりました。

のぞむお兄ちゃんが通うみはらし小学校の秋は、行事だらけでした。

バタバタと忙しい時期が終わり、今は、なんのイベントもありません。

こころお母さんは、ゆめとの時間が増えてきたので、すっかり、春日先生が書いてくれた紹介状のことなど忘れていました。


「今日はここまで。あーっ、もうこんな時間だ！　ゆめ、お買い物に行くよぉー」

ソファに寝転がっていたゆめは、スヤスヤと寝息を立てています。

「あちゃ。どうするかなあ……？　起こして泣いたら困るし。よぉし、さーっと行ってこよう！」

こころお母さんは、バスタオルをゆめのお腹にかけると、そろりと家を出て行きました。

こころお母さんが買い物に出かけて十分ほどした頃、ゆめは、ふと、目を覚ましました。夢の途中で何かフワフワしてきた、と思っていたゆめは、それが、こころお母さんがかけてくれた、バスタオルだったことに気づきました。

柔軟剤の甘い匂いがゆめの鼻をくすぐります。

（いい匂い。くんくんってしよぉう）

ゆめは起き上がろうとしました。

でも、なぜか体の動きがとてもぎこちなくなってしまい、モゾモゾと動いているうちに、ソファの下に落っこちてしまったのです。

ドシンという大きな鈍い音が部屋に響きました。

ゆめは、しばらくの間、落ちたままの状態で固まって、（落っこちちゃった）と思っていました。

落ちたかっこうのままですが、チラリと時計の針が目に映ります。

針は、四時半を指そうとしていました。

（四時半。あ、「ペン次郎☆カバの助」の時間だ）

ペン次郎☆カバの助は、四時半から三十分放送で流れる、子ども向けのアニメ番組です。

この時間帯は、日替わりでアニメが流れます。

ゆめは毎日観ています。

いつもはこころお母さんが、時間になるとテレビを点けに来てくれますが、ゆめはこの番組が特にお気に入りなので、木曜日の四時半は自分でテレビを点けることが多かったのでした。

今度はちゃんと起き上がれたゆめは、テレビのリモコンを取りに行きました。

リモコンは必ずリビングのテーブルの上に置く決まりが、ゆめのおうちにはあります。

いつもこころお母さんがなくしてしまうので、ヤスシお父さんがそう決めたのです。

白木のケースに入れられたリモコンを握ると、ゆめはテレビの前に陣取って座りました。

「ぺぇん・ぺんぺん・ペン次郎ー♪」

ゆめがテレビを点けると、ちょうどオープニングの曲が流れ始めました。

この歌を一緒に唄うと、ゆめは不思議と元気が沸いてくるのです。

「ドジで食いしん坊で、そこがいいぃー♪」

「かぁば・かばかば・カバの助、困るが大好きペン次郎がぁー♪」

ゆめは大きな声を出して、元気に唄っています。

とくに、「いつでも楽しく、時々ケンカ、それでも一緒の仲良しコンビぃー♪」というところは、さらに力を込めて唄うのが、ゆめには気分がいいと思えるのです。

「ぺぇん・ぺんぺん。かぁば・かばかば、ペン☆カバ無敵のフレンドシップで、今日も元気ぃー♪」

唄いきったゆめは、さっき落っこちたことなど、もうすっかり忘れ、体でリズムを取りながら、楽しそうに唄いました。

これは、ペンギンとかばの仲良しコンビが、日常生活でドジをふんだり、些細な幸せをかみしめながら、毎日を楽しく過ごしていくというアニメです。

今日のお話は、『ペン次郎のお魚ゼリーを探せ』と『カバの助の静かな一日』の二本立て。

ペン次郎の行方知れずになったお魚ゼリーを探すため、友達みんなを巻き込んで必死に探したのに、結局は冷蔵庫の中にあったのでした。

「おぉう。食べようと思ったらカバの助君から電話がかかって、しまい直したんだった！」

「ということは、僕たちは見つからないものを探していたっていうわけ？」

「そうだねぇ。やー、ごめんごめん」

ペン次郎が照れくさそうに頭をかきます。

すると、カバの助をはじめとする友達全員が、「やれやれ。これぞ、まさしくペン次郎！」と、笑いながら許してくれるのです。

（ペン次郎、誰かに似てるなぁ。誰だろう。でも、誰かに似てるなぁぁ）

ゆめがそんなことを考えていると、玄関の方で、ガチャガチャという音がしました。

こころお母さんが買い物から帰ってきたのです。

「ゆめ起きちゃってたのね。ごめんね。お母さん、お買い物に行ってたのよ。一人で起きたのに、泣かなかったね。えらいねぇ」

ゆめはふと思いました。

（ペン次郎、お母さんに似てるぅ。お母さんもすぐ、なくすもん）

ゆめは、お母さんが買い物に出かけていたということに、ちっとも気づいていませんでした。

だから、独りぼっちになっているなどと考えていなかったのです。

なのにほめられたので、とても不思議な気分になっていました。

テレビから『カバの助の静かな一日』というナレーションの声がしました。

ゆめはカバの助が大好きなので、くるっとテレビの方を向きました。

こころお母さんは、お夕飯の準備に取り掛かります。

ゆめが上きげんなので、心の中で〝ペン次郎☆カバの助〟の日でよかったと思っていました。


こころお母さんの目には、ゆめはいたって元気に見えます。

春日先生がくださった本に書かれている症状とは、まったく無縁のような気がしました。こころお母さんが心のどこかでほっとするような安堵感《あんどかん》に浸っていると、突然、ゆめがじだんだを踏み始めました。

本当に突然だったので、こころお母さんは、いつもより焦《あせ》ってしまい、洗っていたガラスコップをシンクに落としてしまいます。

割れずにすみましたが、ガシャーンという大きな音が響き渡りました。

その音に驚いたゆめは、ますます大声を上げて泣き始めました。

「嘘でしょぉう……。なんで突然こうなるの⁉」

冊子を参考にしてから、生活が順調になっていただけに、こころお母さんはとてもショックでした。

あたふたしながらゆめのもとに駆け寄り、なんとかなだめようとするのですが、すっかりパニック状態のゆめは、キッとこころお母さんをにらむだけ。

こころお母さんは、自分も一緒に悲鳴を上げてしまいたいと思いました。

「ゆめッ！　泣かないのッ！　ぎゃんぎゃん泣く子、お母さん嫌いよッッ！」

いっそう大きくなるこころお母さんの声に、ゆめは、ただただビクビクと身震いをしながら泣き続けました。

（お耳がバキバキ言うよー。お耳が取れそう！　痛いよぉ。怖いよぉ）

こころお母さんは、「もう無理っ」と吐き捨てるように言うと、寝室に閉じこもってしまいました。

（お母さん、お部屋に行っちゃった。怒ったのかな……？　でも、怖かったんだもん。わたし、お耳が壊れそうに痛かったんだもん。お母さんが、ガチャガチャ洗うからだもん）

ゆめはそう思いました。

（コップがガチャガチャってして、ビニール袋がガシャガシャってして、ジャーってお水の音がするから、びっくりしたんだもん。でも、お母さん怒ったのかな？　わかんないよぉ）

小さな胸の中で、ゆめは一生懸命に思いました。

そして、それを涙でしか表すことのできないゆめは、静まり返った部屋で、ゆっくりと泣き止むのでした。

こころお母さんは寝室のベッドの上に、小さく丸まって寝転んでいます。

何度も寝返りを打ちながら、さっき、ひどくゆめに怒鳴ってしまったことや、でも、本当に頭にきたことや、いろいろな感情が渦巻いている心の中を、必死に元に戻そうとしていました。

怒鳴っちゃったのはいけなかったかもしれない……。

時間がしばらく経つと、こころお母さんはそう思い始めました。

ゆっくり指示する方が、ゆめの生活のリズムは保てるのですが、こころお母さんは知らず知らずに自分のペースを保てなくなっていたのです。

ついカッとなったけど、ゆめは私が怒鳴ると、よりいっそう泣くのよね……。

こころお母さんは、しだいにイライラの渦《うず》に飲み込まれそうになりました。

「でも、本当に四六時中気が抜けないんだもの」

連絡帳には、また、家庭で指導してほしい内容が書かれ始めました。

園では、自画像を描く授業が始まったのですが、ゆめは、自分の顔が映る鏡ばかりに気を取られて、ちっとも絵が進まないらしいのです。

家でも、下書きをさせようとしますが、やはり、ゆめは鏡の中をのぞいてばかり。取ろうとすると拒みます。

こころお母さんは、ゆめにかんしゃくを起こさせないようにするしか方法がない状態なのです。

「毎日これじゃ、気が滅入っちゃう。幼稚園でも相変わらずだし。私の育て方が悪いって思われそうだし」

こころお母さんは、ベッドの上で何度も寝返りを打ちながら、ぽつぽつと愚痴をこぼしました。

砂場でゆめをにらむ慶都ちゃんのお母さんは、ももいろ幼稚園でも有名な、派手好きのお母さんです。

以前の保護者参観日のときに、ゆめが教室でいつもぐずるので迷惑だと言われたこともありました。

「こっちが病気になりそうよ……」

ぼそっと出た一言に、こころお母さんははっとして起き上がります。

「やっぱり、ゆめ、どこか悪いのかしら……?」

自己嫌悪は一瞬にして、不安のモヤモヤに姿を変えました。

こころお母さんは、あわてて鏡台の上に置きっぱなしにしていた『発達障害への理解』を手に取りました。

ペラペラペラとページをめくるこころお母さんの目に、「感覚障害」という文字が飛び込んできました。

三章目のページにあるその言葉は、こころお母さんを呆然とさせる文字でした。

「過敏すぎたり、反対に鈍感すぎたり……?」

こころお母さんは、二章目の途中を通り越して、ひたすら三章目を読みました。

この章は、「発達障害の人が持つ感覚障害」をまとめてある章です。

そこには、五感の過敏さや、動作、学習に関するいくつかの例が書かれていました。

「ちょ…聴覚過敏……。大きな音を嫌う。人ごみのざわざわした騒音を嫌がる」

それは、思い当たるどころではない内容でした。

「そういえば、ゆめ、知らない間に自分で文字を覚えてたかも……。私、ただ頭がいいんだって思ってたけど……。言葉の遅れがないのは、アスペルガー症候群……？　はあ？　意味が分かんない」

こころお母さんは、我を忘れて読みふけります。

いつもなら、お腹をすかせて帰ってくるのぞむお兄ちゃんのために、せかせかとお夕飯を作っているはずです。

でも、こころお母さんは、すべてを忘れ、『発達障害への理解』を読み続けました。

何度も何度も繰り返して読んでいた途中、こころお母さんは「監修者」の名前を見て、びっくりしました。

「あれぇ、どこに置いたんだったたっけ……」

ウロウロと、こころお母さんは必死に、あるものを探しました。

前、新聞から書き写していたメモです。

ふと気づくと、ジーパンのお尻のポケットから、紙がはみ出しています。

鏡がなければ、ジーパンの後ろポケットなど思い出せないほど、こころお母さんは疲れ果てていました。

そして、その紙を見て、こころお母さんは、深くため息をつきました。

以前、テレビで「発達障害」について話していた女の人こそ、この本の監修者だったのです。

気づいた頃、空はすっかりオレンジ色に染まり、もう五時半を過ぎていました。

とにかく読み返し、そのたびに、ゆめは間違いなくこの障害なんだと実感したこころお母さんは、涙も、ため息も、何も出なくなっていました。

ただ、放心し、そして、心に開いたぽっかり穴ぼこを、まるで幽体離脱でもしたかのように、ぼんやり見つめている感じがしていました。


どかどかどか。

乱暴な足音が聞こえたあと、こころお母さんの寝室のドアが、勢いよく開きました。

「お母さんっ！」

それは、学校の野球クラブでヘトヘトに疲れて帰ってきた、のぞむお兄ちゃんでした。

「なんでご飯できてないのっ！　今日、すっげーノック練習して、腹ペコなのに！」

のぞむお兄ちゃんの声にも、こころお母さんは上の空という感じでした。

「お母さん!!　なんでボーっとしてるの？　腹減ったし、ゆめにでっけー青あざできてるよ！

お母さんってばっっ！」

あまりにこころお母さんの反応がないので、のぞむお兄ちゃんは怒って部屋を出て行きました。

そして、台所の戸棚の中から食パンを一枚とって、むしゃむしゃと食べ始めました。


「ゆめ、それどうしたのさ？」

のぞむお兄ちゃんは、ゆめの横に座って聞きました。

「肘んとこ。青くなってるじゃん。どっかにぶつけたの？」

「あのね、ソファから落っこちちゃったの。でも、痛くないよ。泣かなかったよ。えらい？」

ゆめはきらきらと目を輝かせました。

のぞむお兄ちゃんはぷっと吹き出しました。

「えらい」

「どれくらいえらい？」

「えー？」

ゆめは、いつもこういう質問をするのです。

のぞむお兄ちゃんはなんだかんだと言いながらも、ゆめがかわいいので、いつもちゃんと答えてあげることにしています。

「えっと、おにぎり十個分くらいかな」

そう言ったのぞむお兄ちゃんのお腹が、ぐうーっとなりました。

「十個って多いの？」

「うん。すげー多いよ。でも、今なら全部食えそう」

「じゃあ、少ないの？」

ゆめは不思議そうにのぞむお兄ちゃんの目を見つめました。

「えぇー？　じゃあ、百個分くらい。そしたら、全部食べれないもんな」

のぞむお兄ちゃんの言葉に、ゆめは満面の笑みを浮かべました。

（お兄ちゃん、食べれないって。食いしん坊のお兄ちゃんが全部食べれないのは、すごくいっぱいってことなんだぁ。じゃぁ、私はすごくいっぱいえらいんだぁ）

ゆめの頭の中には、たくさんのおにぎりがあふれていました。

ぎゅうぎゅう詰めで、今にもはみ出そうなおにぎりを思い浮かべて、ゆめはとても満足だったのです。

（はみ出るくらいえらいんだぁ。えへへ）

ゆめはのぞむお兄ちゃんの一言で、すっかりごきげんになったのでした。

ゆめとのぞむお兄ちゃんがテレビを観ていると、こころお母さんが部屋から出てきました。

「お母さん、ご飯っ！　今すぐ食べないと死んじゃうかも。宿題もできないかも」

「うん。すぐ作るからね」

こころお母さんは、ゆめの姿を直視できませんでした。

本に書かれている症状が当てはまれば当てはまるほど、どうしても否定したい気持ちも生まれてきてしまうのです。

「ゆめ、落っこちて青タンできてやんの。湿布しないとダメだって」

「うん。お母さん、急いでご飯作るから、のぞむ貼ってあげて。救急箱の場所知ってるでしょ？」

「はいよー」

のぞむお兄ちゃんは大げさな動きで立ち上がりました。

でも、本当は、僕ってしっかりしているな、と心の中で思っていたので、悪い気はしていないのでした。

「ゆめ、右の肘出してっ！」

ゆめはのぞむお兄ちゃんに言われるまま、右肘を差し出しました。

「湿布貼るぞ。スーッとするからな。ビビんなよっ」

冷たい湿布が、ゆめの右手をブルっとさせました。

「きゃー。冷たい！」

でも、ゆめは楽しそうに笑いながら言うのです。

（お兄ちゃんの言うとおり、スーってする。お兄ちゃんすごいなぁ。なんで知ってるのかなぁ？）

ゆめはそんなことを思っていました。

「これがカッカしてきたら、効いてる証拠だぞ。いいな？」

これは、野球クラブのコーチの受け売りでした。

のぞむお兄ちゃんは、受け売りを自分のものにするのが得意なのです。

そして、その通り、だんだんカッカしてきたので、ゆめはのぞむお兄ちゃんのことを、ますます、すごいと思うのでした。


子どもたち二人の楽しそうな声は、こころお母さんを憂鬱《ゆううつ》にさせました。

そして、どうして自分といる時は泣くのだろう、という疑問もわき上がってきました。

ゆめは、私のことを嫌いなのかもしれない。

困らせようとして泣いてばかりいるのかもしれない……。

そう思うと、こころお母さんの全身を、黒くて小さなトゲがあちこちを刺しながら歩き回っているような気分になったのでした。

ふんわりとした甘い香りが、のぞむお兄ちゃんの鼻をひくひくさせました。

「あ、今日、親子丼だぜ」

足取りも軽やかに、のぞむお兄ちゃんがキッチンに向かうので、ゆめもそのあとについていきました。

ちらちらとこころお母さんの方をのぞいています。

「やっぱり親子丼だ！　お母さん、僕、もう食べたいっ」

のぞむお兄ちゃんがお箸でどんぶりを叩きました。

キンキンキン、キンキンキン。

「た・べ・る、た・べ・る」

リズムを取り、歌いながら叩くので、ゆめは面白そうだなと思い、「ゆ・め・も、た・べ・る」と真似をしてお箸でどんぶりを叩きました。

カッとなったこころお母さんは、「やめなさい、お行儀が悪いっ！」と、声を荒げて二人を叱ってしまいました。

これには、さすがにのぞむお兄ちゃんもびっくりしたようでした。

「な、なんだよー。だって、お母さんがご飯作ってないからだろー？　腹ペコなんだもん！」

ゆめはのぞむお兄ちゃんの横で、体を小さくして座っていました。

「野球クラブ、頑張ってきたんだもん！」

「お母さんだって毎日忙しいのっ！　ご飯作る係じゃないのよっっ！　できるまで大人しく待ってなさいっっ！」

のぞむお兄ちゃんの目頭が、じわっと熱くなりました。

泣き出すのをぐっとこらえて、「ヒステリーばばあっ！」、そう言い放ったのぞむお兄ちゃんは、ドカッと椅子を蹴って、キッチンを出て行ってしまいました。


（お母さん、おめめがいっぱい開いてる……。真っ赤な色で怒ってる。赤は、止まれだぁ）

その時のゆめには、こころお母さんの全身に深紅の絵の具がベットリ塗られたように見えました。

ゆめは椅子からぴょんと下りると、こころお母さんのもとに走り寄りました。

そして、エプロンのリボンをクイクイっと引っ張り、「お母さん、赤は、止まれだよ。車にひかれちゃうんだよ。お母さん、青になぁーれ」と言って、こころお母さんの腰のあたりを優しくさするのでした。

ゆめにとっては、背中をなでているつもりなのでしょう。

こころお母さんも、それを分かっていたのか、腰から伝わってくる、小さいけれど温かい体温に、次々と涙がこぼれてきてしまいました。

こころお母さんは、ゆめのことを無視しようとしていたのです。発達障害の可能性を受け止められず、ゆめを無視したかったのです。湿布も、貼ってあげればよかったと思いました。

こころお母さんは、ゆめの小さな手から伝わってくる優しさで、いっそう自分のしたことが恥ずかしくなり、しゃくりあげながら泣き始めました。

「ゆめ！　ゆめぇ！！」

こころお母さんはゆめをぎゅっと抱きしめます。

（わー、苦しいよぉ）

ゆめはそう思いました。

「お母さん、意地悪してごめんね。ごめんね、ゆめぇ」

ゆめは、お母さんが何に謝っているのか、さっぱり見当も付きません。

でも、耳元でわんわんと泣かれ、なんだか分からず、自分も泣き出してしまうのでした。

キッチンで響く二人分の泣き声で、部屋でモヤモヤした気分を抱えたままだったのぞむお兄ちゃんも、大声で泣き始めました。

「お…おかーさん、ごめ…ごめんなさいぃぃ」

涙をぬぐいながら、キッチンに入ってくるのぞむお兄ちゃん。

大粒の涙と鼻水で、その顔はグシャグシャでした。

こうして、涙の三重奏は、ヤスシお父さんが帰ってくるまで、延々と続くのでした。

5 出口の先にある長い道へ

その日の夜、ヤスシお父さんとこころお母さんは、大宮先生の病院へ行くことを決めました。

大宮先生の病院は隣の地区にあり、ゆめのおうちから遠いので、電車で行くことになりました。

でも、ゆめは電車がとても嫌いで、必ず泣きわめくのです。

そのことを思い浮かべると、こころお母さんはクレバスの一番下まで落っこちてしまったような気分がしました。

そして、こんなに深いところじゃ、助けも無理だもんと、あきらめにも似た思いが、ぐるぐると頭の中を駆け回っていました。

氷河の割れ目は冷たすぎて、こころお母さんは感覚を失ってしまったようでした。

「ヤスシ、車で送ってくれてもいいんじゃない？」

「いきなり休みなんか取れる身分じゃないよ。そこは分かってよ」

こころお母さんは、ヤスシお父さんのことを、冷たいと思いました。

いつもなら、お父さんの言うことも分かるはずなのですが、なにせ、こころお母さんはクレバスのどん底にいるせいで、そんな風に感じてしまったのです。

「じゃあ、私は泣き叫ぶゆめと一緒に、周囲の痛ぁい視線を浴びながら、電車に乗ってなきゃダメなわけなんだぁ」

「なんだよ、その言い方は……」

「別にぃ」

自分が悪態をついていることは分かっているのですが、そんなことでも言っていないと、もっと深いところまで落ちていきそうで、こころお母さんは怖かったのです。

「じゃあ、せっかく病院行くんだし、実家に行ってこようっと。うちのお母さんがゆめを見ててくれれば、私も息抜きできるわけだしね」

ヤスシお父さんには、まるで、自分は常に息抜きをしているかのように聞こえました。

これには、ヤスシお父さんも頭にきたようです。

「誰が金稼いできてんのか分かってるのかよ?」

「ヤスシ」

「そうだよ！　それなのに、文句ばっかり言ってくれると、こっちもムカつくんだけど！」

「でもさ、お仕事行けるように美味しいご飯をせっせと作ってあげてるのは、この私！」

「お互い様なわけだろ?　だったら俺にグチたれるなよ！」

売り言葉に買い言葉の平行線は、このようにしばらく続き、結局はお仕事でクタクタに疲れていたヤスシお父さんが、部屋に逃げ込むようにして終わったのでした。

こころお母さんは、ぐっと唇をかんで、そばにあった新聞紙を、床に強く投げつけました。

それでも、心の中のトゲは暴れまわるので、食卓の椅子用クッションを力強く引っ張りました。

ビシッという音を立てて、クッションの紐がちぎれます。

椅子には、ちぎれた紐が、ひとつずつ、離れてぶら下がっています。

まるで、今のこころお母さんとヤスシお父さんのようでした。

「ひどいこと言ってごめん……。でも、すっごく頭にきたのよぉ……」

こころお母さんは、ぽろぽろと涙をこぼしながら、そのクッションも床に打ち付けるのでした。


大宮先生の病院に行く日がやってきました。

あの日以来、こころお母さんとヤスシお父さんは、お互いに謝るきっかけをつかめずにいます。

ゆめは電車に乗らなければいけないことなど知らず、病院に行くだけだと思い、無邪気にソファの上で寝転がっています。

ゆめはこう思っていました。

（病院。わーい。また、本を並べっこして遊ぼぉう。えへへ。早く行きたいなぁ）

ゆめの頭の中には、春日先生の病院の待合室の映像が再生されているのです。

あまりに待ち遠しかったのか、その日は自分から、こころお母さんの準備が整うのを、何度ものぞきに行くのでした。

「お・か・あ・さ・ん」

「お利口に待ってなさい」

「あと何分？　ねえ、あと何分したら行くの？」

「もうちょっとよ」

「何分？　ちょっとって何分？」

こころお母さんは、このての質問に、日ごろから手を焼いていました。

たまに、とてつもなく嫌気がさすこともあるくらいです。

「お母さん、ちょっとって何分？」

こころお母さんの嫌気とは反対に、ゆめは真剣でした。

ちょっとが何分なのか分かれば、ゆめはむしろ、じっと待てるのです。

でも、こころお母さんはそのことを知らないので、適当に、あと五分と言うのでした。

そして、五分経ってもちっとも準備ができていないこころお母さんに、ゆめはひどく不きげんになってしまいます。

「五分って言ったもん。お母さん、わたしをだましたっ！」

こころお母さんは、何も答えませんでした。

ゆめを無視したのです。

こころお母さんには、ゆめに答えるだけの元気が残っていなかったのです。


案の定、ゆめは電車をたいへん拒み、予想よりもはるかに手前、駅のホームで、大声で泣き始めました。

通りすがりの人々が、不快そうな顔をしながら、ゆめとこころお母さんをちらちらと見ています。

こころお母さんはたまらなくなって、

「いい加減に泣き止みなさいっ！」

と言いました。

それを聞いたゆめは、驚いて、こころお母さんから少し離れた場所で泣き始めました。

周りの人は、それはそれで、こころお母さんの頭のてっぺんから足の先まで、まるで物色するように見るのです。

電車が来ると、こころお母さんはあえて乱暴にゆめの腕を引っ張り、乗り込みました。

自分が泣くのを我慢するだけで、もう限界だったのです。

電車に乗っても、ゆめはしばらく泣き続けました。

時々、懇願するような瞳でこころお母さんの顔を見つめるゆめでしたが、こころお母さんの目は、とても虚《うつ》ろで、何を考えているのか、さっぱり分からない表情です。

ゆめは、思いました。

（病院、前は電車に乗らなかったもん。ゆめ、電車の音、大嫌いなのに！）

こころお母さんは、ゆめが電車を嫌いということを知っています。

そして、ゆめも、こころお母さんがそれを知っているということを知っているので、このように電車に乗せられてしまったことに対して、とても不満に思うと同時に、ゴウゴウと風をきりながら進んでいく電車の音が、やはり怖くてたまらないのです。

（泣いてるのに。怖いって知ってるのに、お母さんはわたしを電車に乗せるよ。わたしをどこかに捨てに行っちゃうのかな）

ゆめは、以前、お歌のテレビで観た、「ドナドナ」の子牛になった気分でした。

そして、頭の中に、荷馬車ではなく、電車に乗せられて売られていく自分の姿を思い描きました。

（電車は、青色だったから、この色を塗ろう……）

頭の中に思い描いた姿に、ゆめは色を付け始めました。

その間も、相変わらず電車の音と共に、「ドナドナ」が流れ続けています。

（売られるゆめは、まず、お洋服）

そう考えて、ゆめは頭の中の色鉛筆箱の中から、紅色とピンクいろを選ぶと、二つを足して色を付け始めました。

ゆめは、自分の肩や、太ももを覆っている洋服を、じっくり見つめます。

そして、想像している「ゆめ、電車で売られていくよ」の絵に、一生懸命色を塗りました。

そうしている間に、ゆめはすっかり泣き止んでいました。

ただ、ゆめは自分が泣き止んでいることには気づかないのです。

ボーっとしていたこころお母さんは、ゆめが泣き止んで、ふと我に返りました。

何かをしている様子ではないのですが、ゆめの表情がとても深刻に見えたので、こころお母さんは話しかけました。

「ゆめ、怖い顔してるよ？　電車、怖いもんね。でもね、電車に乗らないと病院に行けないの。無理に乗せてごめんね」

ゆめが泣き止んだおかげで、こころお母さんは、かなり冷静さを取り戻せたようでした。

「ゆ・め」

ゆめは一生懸命頭の中で色を付けているので、こころお母さんの声が、耳を素通りしてしまったのか、ちっとも答えようとしません。

こころお母さんは、ゆめがひどく腹を立てているのだと思いました。

一方、頭の中で色を付け終わったゆめは、自分の描いた「ゆめ、電車で売られていくよ」が、かなり満足のいくものだったのか、納得したように小さく二度うなずきました。

(えへへ。きれいに塗れた。うれしいなぁ)

ゆめの頭の中では、もう、売られるかもしれない可能性を考えることより、そのイメージを色付けする方が勝っているようです。


こころお母さんは、なぜゆめがうれしそうにうなずいたのか、さっぱり分かりませんでした。

さっきまで、狂ったように泣き叫んでいたのに、今はとても満足そうです。

理由は分からなくとも、ゆめがとても楽しんでいるのは、顔からも見て取れました。

「ねえ、ゆめ、ごきげんだねぇ」

ニコニコ笑顔のゆめの肩を、ポンポンとたたいて、こころお母さんが言いました。

「え？　なぁに？」

肩をたたかれたことによって、ゆめの頭の中から、絵と、絵に対する満足がすっと消えました。

「電車、楽しくなった？」

「電車？」

気づくと、ゆめは確かに、大嫌いな電車に乗っていました。

でも、不思議なことに、ずっと怖いと思っていた音も、いつの間にか慣れていたのです。

「えっとね……。電車、楽しくないけど、ゆめ、怖くないよ」

それを聞いたこころお母さんは、ほっと一安心しました。

少なくとも、あと二十分近くの電車の中で、ゆめが泣き出す可能性が、ぐっと減ったからです。

（電車の中、色がいっぱいだぁ）

ゆめは、吊り下がりの広告から、好きな色と嫌いな色を分けて遊ぶことを思いつきました。

ありがたいことに、その広告の中には、文字もいっぱいです。

（よぉし。字も数えよう）

その考えを、ゆめもかなり気に入ったようで、目の前の広告だけでなく、ぐっと身を乗り出して、隣の広告を見つめたりしていました。

こんなに長く電車に乗ったのは、ゆめは初めてでした。

というよりも、長く乗ったことで、ゴー、キー、と響く音が、電車が走ることによって出る音なんだと納得できたのです。

それと分かってからは、ゆめの中で、電車は楽しいものに変わったのです。

いつもは、何がどうして起こっているか理解する間もなく、次から次に電車を乗り換えなくてはいけません。

今日は、乗り換えることなく、ずっと電車に乗っていたことで、ゴーの原因が分かったので、ゆめは泣き叫び続けなくてもよくなったというわけなのです。

（この広告で、〝あ〟は、三十二個あった！）

ゆめは大満足です。

うとうと眠気がきているこころお母さんのブラウスの袖を引っ張り、「次は、〝い〟と、いっぱい載ってるから〝か〟にするっ」と、ゆめは言いました。

そして、「お母さんは大人だから、〝漢字〟を数えてください！　ちゃんと分けてね。ゆめは、今から〝い〟と〝か〟だよ」と言うのです。

眠たくもあるし、ゆめが何のことを言っているのか分からないので、こころお母さんは困惑してしまいました。

ゆめが泣き止んだことで一眠りできると思っていたのに、何だか、ゆめは遊びに付き合ってもらいたいようです。

しかも、こころお母さんには、ゆめの「遊び」がどんなものか分からずにいました。

「えー？　お母さん、漢字数えられないよぉ。ゆめ、自分で数えてごらんよ」

こころお母さんは、一人で遊んでということを言いたかったのです。

でも、ゆめには、その意味が分かりませんでした。

「お母さん、大人なのに、漢字読めないの？　ダメだよぉ！　大人は、漢字はいっぱい読めるんだよぉ。お母さん、大人じゃないの？」

ゆめは、疑問に思ったことを、そのまま言ってしまう癖があります。

「読めるよ。でも、ゆめもできるかなぁと思って」

こころお母さんはしきりに、遠まわしに、自分ひとりで遊んでほしいということを伝えたいようですが、ゆめには、その表現が一番理解不能なものなのです。

「お母さんは〝漢字〟を数えて」

相変わらず、ゆめは一緒に遊んでほしいらしく、虚ろな目のこころお母さんに、ぐいぐいと寄り添ってきました。

すごく眠たかったこころお母さんは、「お母さん、今、ねんねしたいの。ゆめ、一人で数えっこしてて」と言いました。

ゆめが不きげんになるかな、とも思ったのですが、こころお母さんの中で、眠気が優先してしまったのです。

すると、「じゃあ、お母さん、おねんね、ね。ゆめは、一人で数えっこするね」と、今までにないほど、ゆめは冷静にこころお母さんのお願いを聞いてくれたのです。

一瞬でこころお母さんの眠気は、どこか遠くに吹っ飛んでしまいました。

口に手を当てて、目を大きく見開いていると、「お母さん、おねんねしないの？　どうして、びっくりのお顔をしてるの？」と、ゆめが訊ねます。

ゆめには、お母さんが眠りたいということがよく分かったからです。

でも、こころお母さんは、ただ唖然とするばかり。

ゆめが、こんなに素直に言うことを聞いてくれたのは、初めてだったからです。

まさに、開いた口も開きっぱなしで、こころお母さんはゆめの顔をじっと見つめていました。

その間、一つ、二つ、何度か駅を通り過ぎましたが、まだひたすら、ゆめを見つめています。

そして、今日の病院で大宮先生から、春日先生の思い過ごしですという言葉が、もらえるに違いないと思いました。


「お母さん？」

ゆめの一言で、こころお母さんは目を覚ましました。

どうやら、少しの間、寝てしまったようです。

外の景色を見てみると、なんと、次の駅で降りなくてはいけません！

こころお母さんは、あわててバッグの中をガサゴソとあさり始めました。

「あちゃぁ。切符をどこに入れたんだったかしら。取ったでしょ、それから、しまって…どこにしまったんだったっけ？」

早くしないと、電車が駅に着いてしまいます。

こうなると、こころお母さんは、さらに必死になって、バッグの中をかき回しました。

次の駅で降りなければいけないと知らないゆめは、なぜこころお母さんがあわてているのか分かりませんでした。

そして、こういうふうにバッグの中を探るこころお母さんは、いつもと同じなので、ゆめはひどく気にすることもなかったのです。

（お母さん、またなくしたんだ。見つけたら、数えっこしてくれるかな？）

ゆめには、こころお母さんが「探して」いることしか理解できませんでした。

何を探しているのかも、それがないと改札を通れないことはおろか、次の駅で降りなければいけないということさえ、知らされていないのです。

そうこうしている間に、電車が駅に到着しました。

こころお母さんが言います。

「ゆめ、降りるよ。ほら、おいで」

ゆめは突然の出来事にびっくりしました。

「え……!?」

その声は、本当にあっけにとられたような声でした。

そして思ったのです。

（もう、歩くの？　私、まだ歩く準備してないのに……）

こころお母さんに手を引かれているゆめの足は、もつれて歩きにくそうです。

うまく動かない足を引きずるようにして、やっとの思いで、ゆめは電車から降りることができました。

そして、突然、ぺしゃりと座り込んでしまいました。


「ほら、行くよぉ。ゆめ、立って」

こころお母さんが手を差し出すのですが、ゆめは微動だにしません。

訴えるようなまなざしで、じっとこころお母さんの顔を見つめています。

（お母さんの手を握らなきゃ）

ゆめは、自分の腕を伸ばそうとしましたが、どうしてもできません。

必死にそうしようと思うのですが、どうしても腕を出すことができないのです。

こころお母さんには、ゆめが無言で駄々をこねているように見えました。

おうちでも、時々こういうことがあるのです。

ゆめはぐっと口をつぐんだまま、ちっとも動こうとしません。

「ほーら、じっとしてないで立ちなさい」

こころお母さんは、ゆめがワガママで座り込んでいるのだと思って、そう言いました。


ゆめには、こころお母さんの声がはっきりと届いていました。

少し、ムッとしました。

でも、その気持ちも瞬時に忘れてしまうほど、ゆめの頭の中では、あわただしく情報が飛び交っていました。

腕を動かすんだ、とか、そのあとは立つんだ、とか、まるで指令のようなものが頭の中をぐるぐると駆け回ります。

お母さんとはちがい、ゆめにとって「歩き出す」のはたいへんなことなのです。

あまりに言葉がひしめき合うので、ゆめは、だんだん混乱してきました。

（頭の中が言葉でパンパンだ！　爆発しちゃうよ！　怖いよぉう‼）

そういう気持ちも頭の中に流れ込んできたせいか、ゆめは我慢できなくなって、「きぃー」と、思い切り甲高い声を上げました。

　こころお母さんはびっくり！

　無理もありません。

　さっきまで身動きひとつしなかったゆめが、突然奇声を上げたのですから。

　その声にあわてたこころお母さんは、ドギマギしながら、ゆめの腕をつかみました。

　そうすると、ゆめはますますうなり始め、しまいには、ガブリとこころお母さんの腕に噛み付いてしまったのです。

「痛いッツ!!」

　こころお母さんは、今度は急にゆめの腕を放します。

　体のバランスを失ったゆめは、よろめくようにして膝から崩れ落ち、コンクリートで膝小僧をすりむいてしまいました。


　こころお母さんは、ハッとしてゆめに駆け寄りました。

「ゆめ、お膝見せてごらん！　痛かった？」

　ゆめはキョトンとこころお母さんの顔を見つめています。

　膝には、ジンワリと血がにじんできました。

その途端、こころお母さんは、どうしていいのか分からなくなりました。

これから病院へ行くというのに、傷なんか作ってきてどうするのと自分を責めてしまいます。

しゃがみこんでいる二人のそばに、売店のおばさんが近づいてきます。

「お嬢ちゃん、大丈夫？」

そのおばさんが近づいた途端、ゆめは突然大声で泣き始めました。

おばさんの手には、絆創膏が握り締められていましたが、それは使われることなく、そのおばさんのポケットに詰め込まれてしまいました。

「す、すみません。人見知りがひどくて……」

こころお母さんは取り繕うように言い放ち、無理やりゆめを抱きかかえて、一目散に階段を駆け下りました。

そして、泣き叫ぶゆめを抱っこしながら、「あのおばさん、失礼な子だって思ったかも！　というより、しつけの悪い親って思ったかも！」と、早口でモヤモヤを吐き出しました。

せめてもの思いで、「タクシー、お願いしますッッ！」と、こころお母さんは、車の前でタバコをふかしている運転手さんに、大声で言いました。

車の中でもゆめは泣き止まず、タクシーの運転手さんに何度も謝りながら、やっとのことで二人は病院にたどり着きました。

大宮先生がいるという東陽病院は、いくつかの科が入った、やや大きめの病院です。

ゆめは、まだぐずっています。

春日病院とは違うところへ連れて行かれたので、とても心配でたまらなかったのです。

こころお母さんに手を引かれて、ずっとこんなことを考えていました。

（本の並べ替えっこ、できるのかなぁ……。六、あればいいなぁ……）

不安でたまらないゆめは、思い切ってこころお母さんの手をぎゅっと握り締めてみました。

そのことに気づいたこころお母さんが、ゆめを見下ろします。

「おかぁさぁん」

ゆめが突然甘えた声を出すので、こころお母さんは少しだけ、頭にきました。

今の今まで泣いて抵抗していたのに、こんなに急に変わられては、自分の娘といえども、シャクにさわったので、誰のことでこんなに困っているんだ、と思ってしまったのです。

そのムッとした勢いで、こころお母さんは病院の中に入っていったのでした。

ぎゅっと、いつもより強くゆめの手を握り締めて、怒った勢いで歩き出したのです。

ゆめは、びっくりしました。

何の予告もなく歩き始めなければならなかったからです。

（うわーん、まただ。お母さん、「行くよ」って言ってくれればいいのに……）

そう思いながら、ゆめは引きずられるようにして、こころお母さんと一緒に病院の中に入っていきました。

病院には、内科に胃腸科と、耳鼻咽喉科と、そして、小児科があります。

大宮先生は、どうやら、この病院の小児科のお医者様のようです。

受付をすませたこころお母さんは、ゆめが腰掛けて待っているソファの方へ、スタスタと歩いていきました。

ゆめは、身近なところに本棚が置かれていないこともあってか、とても寂しそうな顔をしています。

ここで、こころお母さんは思い出しました。

家を出てくるときに、ゆめが気に入っているぬいぐるみと、絵本を持ってきていたのです。

ある育児書に、病院で待つ時間のために、本とぬいぐるみを持っていくのがいい、と書いてあったので、それを実行していたのです。

病院にたどり着くまでの大混乱で、こころお母さんは、そのことをすっかり忘れてしまっていたのです。

こころお母さんは、「ゆめ、これで遊んで待っていようね」と言いながら、大きなバッグの中から、ピンク色をした猫のぬいぐるみと、ゆめのお気に入りの絵本を取り出しました。

こころお母さんは、こんなもので本当に効果があるのかなと内心では疑っていました。

育児書といっても、知らない人が書いている本です。

ゆめは、他の子どもよりもたくさん泣く上に、好き嫌いも激しいので、絵本とぬいぐるみだけで、ゆめのごきげんが戻るとは思えなかったのです。

ところが、絵本とぬいぐるみを見るなり、ゆめは満面の笑顔を浮かべました。

こころお母さんは心底びっくりしたようです。

びっくりして、ついでにやれやれとに開放された気分になったので、さっきどこかへ行ってしまった眠気が戻り、再び、ウトウトとし始めました。


ゆめは静かなＢＧＭが流れる待合室で、まるでおうちの中にいるような、ほっとした気持ちでいました。

なぜなら、いつもそばに置いてある、大好きなぬいぐるみと、お気に入りの本があるからです。

ペラペラペラと紙をめくり、好きな絵が載っているページを開くと、ゆめはたちまち絵本に夢中になりました。

「大きなゾウさん」

お母さんゾウの足元に、隠れるように赤ちゃんゾウが描かれています。

ゆめは、絵本の中をのぞきこんでみました。

いつもやるように、絵本を斜めにして見つめるのです。

そして、こう思いました。

（見えないかなあ。赤ちゃんゾウさん。しばらく見ていたら、見えるかもしれない）

ゆめは飽きもせず、ひたすら、斜めから見たり横にして見たり、しまいには絵本を椅子の上に置いて、実際に上からのぞき込んだりもしました。

（もう一秒だけ見ていようかな。そしたら、見えるかも。もし、今やめて次のところで見えたら、ちぇっ、て思うんだもん）

エアコンの風が、サワサワとゆめの髪の毛に触れて、通り過ぎていきます。

それは、ただ漂ってくるだけの感覚で、ひどく涼しくもなければ、暖かすぎもしない風でした。

ゆめはエアコンの風にも気づかずに、まだまだゾウを見つめています。


心地よい静かな空間に、突如大声が響き渡りました。

こころお母さんは、その声で、目を覚まされてしまったようです。

ドタバタと乱暴な足音と一緒に、大声がだんだん近づいてきます。

それまでいつになく大人しかったゆめが、たちまちふだんのように、泣き出しそうな顔をしました。

こころお母さんは、とにかくその大きな声が耳障りだと感じていたのですが、ゆめは、もっと、怯《おび》えているような顔をしています。

そして、ピンク色の猫のぬいぐるみを、ぎゅっと抱きしめているのです。

「ゆめ、怖いの？」

こころお母さんは、深く考えず、でも、感じたままにゆめに話しかけてみました。

そうすると、ゆめは泣きそうな顔をしながらも、「う……ん。お母さん、怖いよ」と言ったのです。

こころお母さんには、どうしてそんなに、ゆめが恐怖でいっぱいなのか、さっぱり見当もつきません。

何に対して恐怖を感じているのかも、分かりません。

こころお母さんは、突然、どうしたらいいんだろうという、大きな不安感に襲われました。

バタバタ。

ギャアギャア。

足音と声が、ほんのそこで聞こえたかという時、ゆめくらいの年頃の男の子が、頬を紅潮させて、息せき切って、こころお母さんとゆめの前で立ち止まりました。

小さな男の子は、ゆめが握りしめているぬいぐるみを見るなり、走り寄ってきて、ゆめの手からぬいぐるみを取ろうとしました。

こころお母さんは、あわててその男の子の手を止めようとしたのですが、ひどく大きな声を上げられて、こっちのほうが驚いてしまいます。

ふと横を見ると、ゆめは、今にも倒れてしまいそうなほど真っ青になっているし、なんとかしてあげないとと思うのですが、そう考えているうちに、こころお母さん自身も、心臓がドキドキしてきます。

頭の中が大混乱になって、こころお母さんも叫びたい気分になりました。

その時。

「健くん！」と言いながら、ジャージ姿の若いお姉さんが、あわてて走ってきました。

胸には、名札がついています。

こころお母さんは、最近はジャージを着ている看護婦さんもいるんだなと思いました。

確かに、ナース服のスカートよりも、ジャージの方が動きやすそうです。

きっと、春日先生の病院よりも大きいので、最先端の格好なのだろうな、という程度に、こころお母さんは思ったのでした。

「健くん、それはこの子のぬいぐるみだから、返してあげよう！」

その、健くんという男の子は、相変わらず、ゆめからぬいぐるみを取り上げようとしています。

そして、楽しそうに大声で笑っています。

こころお母さんは、タジタジしながらも、こう言いました。

「あ…あの、娘が驚いてしまっているんですけど……」

「すみません。ほら健くん、こっちを向いて。先生のお顔を見てください！」

ジャージのお姉さんが、じっと健くんの顔を見つめました。

最初は目をそらしていた健くんですが、あまりにじっと見つめられるので、ばつが悪そうに、ちらちらとジャージのお姉さんの方を見始めました。

「返してあげましょう。どうしてかな？」

「……」

「どうして返すのかな？」

そのお姉さんは、ゆっくり、分かりやすく話します。

そうすると、大声ではありますが、健くんが、「ぼくのじゃないからっっ！」と言いました。

ジャージのお姉さんは、健くんを背後から抱え込むように立ち、それから健くんの手で、猫のぬいぐるみをゆめに返させました。

「こんな時は、なんと言うんだった？」

お姉さんの言葉に、健くんはぶっきらぼうではありますが、「ご・め・ん・な・さ・い！」と言いました。

お姉さんが感心したように健くんをほめてあげています。

それからゆめの方を優しく見つめて、「許してあげる？」と訊きました。

ゆめは、にこりと微笑んで、コクリとうなずくのでした。

お姉さんは必死に健くんの体が動き回らないように、がっしりと捕まえたままなのですが、笑顔でまた訊《たず》ねました。

「どうして許してあげるの？」

「だって、ごめんなさいしたから。だから、わたし、許すの」

さらに優しいまなざしで、お姉さんは、「ありがとうね」と言いました。

ゆめは、とてもうれしくなりました。

やっとのことで静止を振りほどいた健くんが、また別のところへと駆け出し始めました。

ジャージのお姉さんは、こころお母さんに会釈をして、また、健くんの後を追いかけにいってしまいました。

こころお母さんには、すべてが大げさなものに思えます。

「変わった看護婦さん。というより、あんなに口うるさく言うから、あの子も逃げているんじゃないかしら……。ゆめ、さっきのお姉さんもうるさかったよね？」

でも、ゆめは首を横に振りました。

「あのお姉さん、好き」

「え、あ、そっか……」

こころお母さんは、ふぅん、そう感じるのか、と思って、ちょっと心苦しくなりました。

おまけに、ゆめのための絵本とぬいぐるみは持ってきたのですが、肝心の、自分のための暇つぶしを忘れてしまったので、こころお母さんの方が、退屈になってしまいました。


しばらく考えると、ゆめの絵本を朗読してあげるという手もあると思い、「ゆめ、お母さんが絵本を読んであげるよ」と言って、絵本に手を伸ばしました。

そうすると、ゆめは小さな手で、頑として絵本を離さないように、しっかりと端を握りしめるのです。

「ゆ・め」

最初のうちはささやくような声で言っていたこころお母さんも、しだいにイライラしてきました。

「ゆめ、読んであげるから、絵本ちょうだいっ」

ゆめの方は、そそくさと絵本を閉じて、抱え込んでしまいました。

「やだ」

「読んであげるって言っているのに、わがまま言うんじゃないのっ」

「……。や…やだ」

こころお母さんは、なんて頑固な子なんだろうと思ってしまいました。

こうなると、まるで根くらべをしているようで、たいてい負けてしまうのは、こころお母さんの方なのです。

「勝手にしなさいっ」

こころお母さんは、そっぽを向きました。

ゆめは、泣き出したい気持ちになりました。

やだというのは、読んでもらうのがイヤだということです。

自分で読むほうが楽しいと思ったのです。

でも、ゆめはうまく表現できず、そのもどかしさと、歯がゆさと、何よりもこころお母さんのハキハキしすぎる声が怖くてたまらなかったのです。


ゆめは、小さく声を漏らしました。

「あのお姉さん、また来る？」

小さすぎる声だったので、こころお母さんには聞こえなかったのかもしれません。

でも、ゆめは、今度はお母さんのお膝に手を置いて、「あのお姉さん、また来る?」と聞き返しました。

「あのお姉さんっ?」

こころお母さんには、ゆめの言っていることが少しも分かりませんでした。

おまけに、さっきの根くらべのイライラが、まだ残っているのです。

「どのお姉さんっ? どこのお姉さんなのっ? ゆめの質問、意味が分からないよ!」

ゆめは、大きな目をこれ以上ないくらい見開きました。

そして、こころお母さんの瞳を見つめています。

大粒の涙がポタポタと、ゆめのスカートに落っこちていきました。

「ゆめ……」

こころお母さんは、こんなに真剣に、まじまじとゆめの瞳を見たのは、初めてでした。

でも、ゆめのこういった視線を見たのは、初めてではない気がしました。

「あのお姉さん。灰色に赤の線が二本入ったズボンのお姉さん。また来る?」

「灰色に赤い線が二本?」

正直なところ、こころお母さんにはちんぷんかんぷんでした。

「どこで会ったの?」

こころお母さんは、必死で聞き返しました。

「ここ。ぬいぐるみを返して、許したら、わたしをほめてくれたお姉さん」

「さっきの看護婦さんのこと？　男の子を追っかけてた、あの人？」

こころお母さんがそう言うと、ゆめはホッとしたような、スッキリしたような、何とも言えない顔をしました。

灰色に赤い線だとか、それが二本だとか、こころお母さんには、ゆめの覚え方が自分と違うということは、まだまったく分かっていませんでしたが、ゆめが誰のことを言っていたのか分かったのです。

それだけで、ゆめと会話が成立したように感じました。

そして、素直にそれがうれしいと思いました。

6 募る不安

こころお母さんはうれしくてしかたがないので、たくさん、ゆめに質問をしてみました。

でも、ゆめは、さっきのように、たくさん答えられませんでした。

こころお母さんが止めどもなく質問をしてくるので、だんだん耳がチクチク痛んできたのです。

「ゆめったら、突然だんまりしないで。さっきみたいにお母さんに話してみて。ねっ？」

こころお母さんは、ニコニコと、明るい笑顔です。

ゆめは、そんな顔をしたお母さんを見るのは、胸をそよ風でなでられたように心地よく思うのですが、あまりにくり返し言葉が降り注いでくるので、どうしても、しょんぼりしてしまうのです。


結局、ゆめの名前が呼ばれたのは、病院に入ってから三十分も過ぎた頃でした。

これは、こころお母さんにも、ゆめにも、同じように長い長い時間に思えました。

大宮先生は四十代半ばといった年の、元気のある人です。

「はじめまして、ゆめちゃん」

大宮先生は、ハキハキと言いました。

（はじめましてって言われたら、わたしも初めて会うんだから、はじめましてって言うんだ……）

ゆめは、小さな声で、「はじめまして」と言うことができました。

そうすると、大宮先生が満面の笑顔になったので、ゆめは、やっぱりこれでいいんだと安心することができました。


「早速ですが、お母さん」

本当に、早速という感じで、大宮先生は話し始めました。

「春日先生からお聞きしたところによると、ゆめちゃんはアスペルガー症候群の可能性がとても高いようですね」

こころお母さんは、なんと答えたらよいのか全く分からなかったので、「はぁ」と、一応言ってみました。

「数種類のテストを受けてみましょう。ふむふむ。五歳か。もう少し早く分かってもよかったかもしれないですね」

こころお母さんは、ドキッとしました。

早く分からなかったのは、自分のせいと言われているように聞こえたからです。

ゆめの方を見ると、少し様子がおかしくなっていました。

そわそわと、なんだか落ち着かない様子です。

（お口がたくさん動く人だなあ。すごーく早口でしゃべるから、お耳が痛くなってきちゃった……）

ゆめは、そう思っていたのです。

「でも、これから、うんと取り戻せますよ」

こころお母さんには、何を取り戻すのか、さっぱり分かりません。

その上、大宮先生のことを、こんなふうに思ってしまいました。

何言ってるのか、全然分かんないし、なんだか熱い先生だなぁ……、と。

「お母さんだけでは負担が大きすぎますから、ゆめちゃんのお父様も協力してくださると、なおいいですよ。私たちもサポートしますから」

温和に話す看護婦さんは、とても感じのよさそうな人でしたが、こころお母さんは、やっぱり意味が分かりません。

「分からないことがあったら、色々と聞いてください。というより、僕も勉強中なものだから、

まだまだ学んでいかないといけないんですが、ね」

そう言って、大宮先生は苦笑しました。

「はあ……」

こころお母さんには、もう、それ以外に言うことが見つからない状態でした。

「もう、大宮先生ったら、熱弁をふるっちゃってねぇ」

「あっははは。お母さん、すみません。僕も自分がヒヨッコなものだから、つい」

そのときゆめは、もうガチガチに固まってしまっていました。

あまりにも大宮先生と看護婦さんが、たくさん言葉を使うので、何がなんだか分からなくなったのです。

ゆめはグッと口を閉じて、じっと言葉の行列が通り過ぎるのを待っているのです。

(ひゃあああ。怖いよお。たくさん話すから、怖いよぉ)

ゆめは、泣くこともできないくらい、怖くてたまりませんでした。

こころお母さんはこころお母さんで、そんなこと言われても……と思ってしまいます。

しかも、お医者さんがヒヨッコって大丈夫なのかしら……と、かなり疑い深くなってしまいます。

「やはり、一度に何もかも分かるという分野でもないので、一日一日、頑張って進んでいきましょう」

大宮先生は、元気いっぱいに言いました。

「…はあ」


勉強中の分野。

毎日の頑張り。

こころお母さんは、受診してよかったのか悪かったのか、どっちなんだろうと思いました。

おまけに、ゆめはすっかり黙り込んでいます。

「春日先生から冊子を受け取られているとは思いますが、こちらは、より具体的に書いてあるので、今日、コピーをお渡しします。参考図書も載っていますから、読まれてみてください」

大宮先生の言葉に、こころお母さんは、とりあえずガッカリしました。

本が大嫌いなこころお母さんは、もっと読まなければいけないのだと知ったら、それだけでグッタリしてしまうのです。

看護婦さんが持ってきて、こう言いました。

「分からないところがあったら、遠慮なく訊いてくださいね」

あれだけ待ったのに、どうやら診察はもう終わりのようです。

こころお母さんは、拍子《ひょうし》抜けしてしまいました。

「あ…、はい。ありがとうございました」

こころお母さんがプリントを手にすると、ゆめは、チラリとそれを見ました。

（いいな。お母さん、わたしにくれないかなぁ）

ゆめは、しだいにドキドキしてきました。

なぜなら、〝文字だらけのプリント〟が、こころお母さんの手の中にあると分かったからです。

看護婦さんが渡すとき、〝文字だらけ〟であると、ちゃんと分かりました。

「読みたい」と思って、ゆめに、楽しいドキドキが舞い降りてきたのです。

「次回、この日に予約を入れておきます」

大宮先生は、次の予約の日をメモ紙に書いて、こころお母さんに渡しました。

（あれれ。また書いてる。でも、ゆめは、あっちの字が多いのがいいなぁ）

ひたすらプリントを見つめるのですが、こころお母さんは気づきません。

でも、ゆめは、ついに我慢ができなくなって、「プリント」と言って、真っ白な手を差し出しました。

「え？」

これには、こころお母さんだけではなく、大宮先生も看護婦さんもビックリしました。

「えっと…。では、お母さん、ゆめちゃんに見せてあげてください」

先生も少しうろたえた感じです。

こころお母さんはどうしようもなく、言われるまま、ゆめにプリントを渡しました。

ゆめは、にっこりと微笑みました。

「いやぁ、ゆめちゃんスゴイなあ。我々のほうが頑張らないと、って気になりました。次回、心理療法士の先生にも重ねて予約を入れておきますから。三十代の女性ですよ」

こころお母さんがその時点で一つだけ納得できたのは、どうやら、また来なければいけないらしいということだけでした。


そのあと、お金を払うために、またもや、長い間待たされた挙句、コピーと領収証と、大きな謎を抱えたまま、こころお母さんとゆめは、病院をあとにしました。

「……。なんだったのかしら、今日の病院」

こころお母さんは、とにかくボソッと言いました。

タクシーに乗って、はっと思い出したかのように、こころお母さんは、ゆめに言いました。

「ゆめ、今日は、十希子おばあちゃんのおうちに行くからね」

ゆめは、しばらく考えました。

（おばあちゃんのおうち。あ、おじいちゃんが面白い本をいっぱい持っている場所だぁ）

ゆめは、「行くっ」と、元気に答えました。

途中の道は、たくさんの物があふれかえり、大きな車も通ったり、ゆめにはびっくりすることばかりでしたが、泣き叫ぶほど怖くは感じていませんでした。

頭の中は、本のことでいっぱいだったのです。

そして、そんなゆめを見ながら、「なんとか症候群、違うじゃない。よかった」と、こころお母さんは思っていました。


こころお母さんが実家に遊びに行くのは、実際に久しぶりでした。

この家には、ゆめのおじいちゃんと、おばあちゃんと、おばさん家族が住んでいます。

「お姉ちゃん、ボーっとしてないで、せっかく遊びに来たなら手伝ってよ」

こころお母さんの妹のつつじが、あっけらかんと言いました。

「今日だけは勘弁してぇ。病院に行った帰りなんだから、とりあえず、ボーっとさせてよぉ」

「いいけど。ゆめちゃんは？」

「お母さんといるから」

つつじおばさんは、庭を見ました。

「じゃあ、私はお昼ご飯でも作るね」

庭では、十希子おばあちゃんとゆめが、楽しそうに遊んでいました。

つつじおばさんが作ってくれたお昼ご飯は、こころお母さんのご飯の味に似ているので、ゆめは、おなかいっぱいに平らげました。

「あぁ。おいしかったぁ」

こころお母さんは、満足そうに言いました。

誰かが作ってくれたご飯を食べるなんて、久しぶりだったのです。

「つつじのご飯、たまに味付けが濃いなと思ってたけど、今日のおいしかったぁ」

「たまにって、失礼ねぇ。私の方が主婦歴長いのよっ」

とても不服そうにつつじおばさんが言いました。

つつじおばさんは、こころお母さんの妹です。

一つしか年が離れていないので、いつも言いたい放題ですが、つつじおばさんは、こころお母さんより辛口のときがあるのでした。

ゆめは、つつじおばさんのことは、好きです。

ポンポンと、次から次に、歯切れよく面白い言い回しで話すので、（ふふふふ）と、少し楽しんでいます。

でも、それよりも好きなのは、おじいちゃんです。

学おじいちゃんは、いつも、歴史の番組や、たくさんの本ばかり読んでいます。

ゆめは、そんなおじいちゃんをみているだけで、楽しくてたまらないのです。


いつも忙しくてたまらないこころお母さんは、おなかいっぱいになったあと、すっかり寝入ってしまいました。

「お母さん」

グイグイと引っ張られる感触で、こころお母さんは目を覚ましました。

「お母さんってばっっ」

「のぞむ？」

こころお母さんは、まだ完全に目が覚めていない状態で、ボーっとしたままのぞむを見つめています。

「あれ、よく一人で帰って来れたね……。でも、なんでこっちに帰ってきたの？」

「お父さんがこっちに帰りなさいって言ったんだって。先生が言ったから」

こころお母さんはふっと思いました。

ケンカしたままなので、もしかすると、子どもと一緒に実家に帰れってことことなのかしら、と疑ってしまったのです。

そして、ふーん、と少し不きげんになってきました。

「それで、お父さんもこっちに来るんだって」

「え？」

この一言に、こころお母さんはびっくりしました。

「え……。お父さん他に何か言ってた？」

「仕事が終わったら、すぐここに来るって言っていたよ。あとは、病院の話をするとか言っていたけど、よく分かんなかった。それより、野球クラブ休んですっげー損した気分。ゆめは？」

大好きな野球クラブを欠席するはめになったのぞむお兄ちゃんは、ふだんの家と違って、ドタバタ走り回ることのできる、お母さんの実家で、もとでを取って遊ぶ気満々です！

ランドセルをボスっと畳の上に投げ置いて、ドシドシっと走っていきました。


その晩、こころお母さんの実家の北沢家では、さしずめ家族会議とでもいう顔ぶれが揃いました。

ゆめと、のぞむと、二人のいとこの千穂ちゃんは、三人で、仲良くテレビを観ています。

お台所では、こころお母さんとつつじおばさんと、十希子おばあちゃんが、ひそひそと話をしています。

ヤスシお父さんは、子どもたちの楽しそうな姿を見て、一日働いてきた疲れが、わずかだけ癒されるような気持ちでいました。

十希子おばあちゃんが、ボソッと言いました。

「それで、一家揃って帰ってきたりして……。夫婦喧嘩でもしたの？」

「お、お母さん。夫婦喧嘩ならヤスシ義兄さんは来ないよ、普通」

間髪をいれずに、つつじおばさんが口を挟みました。

「まぁ、そうね。ゆっくりしていきなさい」

これには、こころお母さんは少し困った口調で言いました。

「う…ん。私はそのつもりだけど……」

困っているこころお母さんに、「だけどって、すごく意味ありげに聞こえる」と言って、つつじおばさんは、ちらりと視線を向けました。

こころお母さんはいたたまれない顔をして、ヤスシお父さんの方に目を向けました。

そんな視線を向けられたヤスシお父さんは、「あの…お義父《とう》さんは……」と言うしかありませんでした。

十希子おばあちゃんは、子どもたちがいる部屋の隣のふすまを開けました。

「お父さん！　挨拶くらいしてください！」

学おじいちゃんは、イヤホンを使って、テレビを観ていました。

「ほら、お父さん。こころたちが帰ってきているんですよっ！」

学おじいちゃんは、十希子おばあちゃんに肩をたたかれて、「うん？」と言ってふり返りました。

ヤスシお父さんがペコリと会釈《えしゃく》をしました。

「おじゃましています」

「お父さんったら、イヤホン使っているから聞こえないのよっ」

「聞こえないからイヤホンを使ってるんだ。ヤスシ君も来ていたんだね。久しぶりに揃ったなあ」

学おじいちゃんは、満足そうに言いました。

そして、子どもたち三人と、一緒の部屋で、待ち遠しそうに晩御飯ができるのを待ちました。

台所では、大きな話し声が響いています。

「お父さんったら、いつまでたってもボーっとしているんだから……」

十希子おばあちゃんが言います。

「お母さんが騒々しいから、ちょうどいいんじゃないの？」

「つつじ、それは言いすぎだよぉ。ところで、直君って、まだ帰ってこないの？」

直は、つつじおばさんのだんなさんです。

お仕事で残業が多いので、ヤスシお父さんと同じように、いつも疲れて帰ってきます。

「うん。最近は遅いよ。いつもだと、八時過ぎくらいかな」

「じゃあ、うちと似たようなかんじかぁ」

そんな話をしているとき、千穂ちゃんが、パタパタと台所に駆け込んできました。

「ゆめちゃんって、すごいんだよ！　おじいちゃんと話していたら、私も知らなかったこと、いっぱい知っていて、びっくりしたあ！」

千穂ちゃんはそれだけ言うと、ものすごい勢いでお部屋に戻っていきました。

台所の三人は、なんのことか分からず、ポカンとしています。


お母さんたちが晩御飯を作っている間、ゆめたちは、楽しくお話をしていたのですが、ひょんなことから、学おじいちゃんが大好きな歴史の話になったのです。

ヤスシお父さんも歴史が大好きなので、二人は盛り上がって話していました。

学おじいちゃんが世界三代美女と呼ばれるうちの一人、楊貴妃《ようきひ》の話しをしていたときです。

「傾国《けいこく》の美人というが……」

学おじいちゃんの言葉に、ゆめが困ったようにふり返って言ったのです。

「けいこくのびじんだから、ゆめは美人になれないんだよっ」と。

みんなには、ゆめの言っていることが分かりませんでした。

そこで、学おじいちゃんは質問をしてみたのです。

「ゆめは、どうして美人になれないと思うんだい？」

「だって、わたしが住んでいるの、けいこくじゃないから。谷に住んでいる人しか美人になれないんでしょ？」

学おじいちゃんとヤスシお父さんは、びっくりしました！

ゆめが、傾国のことを、渓谷《けいこく》だと思っていることと、そして、こんなに小さいのにそんな言葉を知っているということに、声も出ないほど驚いてしまったのです。

のぞむお兄ちゃんと千穂ちゃんには、大人が驚いていることの方が理解できなかったのですが、ヤスシお父さんが教えてくれたので、さっきのように千穂ちゃんが走ってきたというわけだったのです。

そんなことはまったく知らないお母さんたち。

「早くご飯作っちゃおうよ。面白そう」

つつじおばさんは、ひとりだけ、とても楽しそうです。

ワクワクしたような顔をして、テキパキと盛り付けをはじめました。


食事がお座敷のテーブルの上に並べられた頃、盛り上がっているのは、ゆめと学おじいちゃんだけでした。

のぞむお兄ちゃんと千穂ちゃんは、すっかりお腹が減った顔をしています。

そして、ヤスシお父さんは、どうにもこうにも、例えようのない不安げな顔をしていました。

「やっとご飯だあぁ」

子どもたちは心底うれしそうな声を大きく上げました。

夕方の六時くらいですが、昼間、遊べるだけ遊んだのぞむお兄ちゃんと千穂ちゃんには、いつもより何倍もお腹が減っていたのです。

不思議なのは、朝から今まで、ずっと動いているゆめが、お腹が減ったとも、泣きもしないことでした。

ゆめは、疲れていても、自分で気づくことができません。

お腹が減って、グーッといっていても、ご飯を食べたいと表現できないので、いつも、こころお母さんが食事の時間を教えてあげないといけないのです。

「ゆめ、ご飯だよ」

こころお母さんが言いました。

ゆめは、自分からこころお母さんのうしろに、ピタリとくっ付きました。

いつもより、グッタリしています。

駅ですりむいた膝っこぞうの絆創膏《ばんそうこう》をはがそうとしているゆめ。

ふだんなら、ご飯の時間になると、鼻歌交じりに、楽しそうにこころお母さんのお尻にくっついてくるのですが、今日は違うようです。

こころお母さんは、急にとてつもない不安に襲われました。

そして、ヤスシお父さんの方を見つめました。

「まず、ご飯ごちそうになります」

ヤスシお父さんはそう言って、胸の中で大きな覚悟をした顔をしました。


「おごちそうさまぁ」

次々に、満腹の声が響き始めました。

「今日は宿題がたくさん出たの。早くやってくる。今日、みんな帰るんでしょ？」

千穂ちゃんが残念そうに言いました。

「のぞむは？」

こころお母さんの問いかけに、のぞむお兄ちゃんは、こう答えました。

「今日、算数のプリントが一枚だけっ！」

なぜか、自信満々です。

「私の学校は四枚あるんだぁ」

ふだんは子どもの宿題に興味のなかったこころお母さんと、つつじおばさんは、今はどんな宿題をやっているのかな、と思いました。

「じゃあ、おばあちゃんは洗い物をしてくるからね」

十希子おばあちゃんは、手慣れた具合で、食器を片づけ始めました。

ゆめは、少しずつ、つつくようにしか食べていないので、まだたくさん残しています。

「ゆめちゃん、ゆっくりでいいから食べていなさいね」

ゆめは、こくんとうなずくのでした。

そんなゆめを見つめながら、学おじいちゃんは、深く考えていることがありました。

こころお母さんたちが小学生の時、ゆめのような苦手なことの多い子どもたちは養護学級にいました。その学級にいても、苦手なことをからかったりする子どもたちもいて、学おじいちゃんたち保護者は、いじめがあったことを知っているのです。

ガラガラと玄関のドアが開きました。

「ただいまぁ」

直おじさんが帰ってきたのです。

そして、玄関にたくさん靴が並んでいるのを見て、何事だろうと思い、そそくさと上がってきました。

「どうしたの、みんな揃って！　な、なんかあったんだよね……。えっと、何もないんだったらいいんだけど」

ゆめは、直おじさんを見ると、「お帰りなさい」と言いました。

「久しぶりだね、ゆめちゃん」

直おじさんは、背広だけ脱いで、食卓につきました。

とても和《なご》やかな空気なのに、学おじいちゃんの顔色だけが曇っています。

ゆめは、ただ、楽しいだけでした。

ゆっくり食べていられるので、それだけで充分だったのです。

お台所にいたおばあちゃんも、ゆめを見つめながら、えもいわれぬ不安を感じていました。

いたたまれず、学おじいちゃんがゆめに声をかけました。

「おいしいかい？」

ゆめは、満面の笑みを浮かべてこう言いました。

「おいしいよ。おじいちゃんはおいしくなかったの？　わたし、このご飯大好きっ。残したら、もったいないお化けが出るんだよぉ！　おじいちゃんは？　おいしかった？」

それを聞いた学おじいちゃんは、ゆっくりと言いました。

「おいしかったよ」

ゆめは、うれしくなったので、おばあちゃんのもとに走っていきました。

「おばあちゃん。おじいちゃん、ご飯おいしかったって。うれしい？」

十希子おばあちゃんは、ゆめを優しく抱きしめました。

「ありがとう。おじいちゃんに、どういたしましてって言ってきて、ゆめちゃん」

「はいっ」

ゆめはワクワクしながらおじいちゃんの所に伝えに行きました。

7 ひとすじの希望

学おじいちゃんは、いつも、無口です。

話すことといったら、たいていの場合は、歴史のことばかりで、十希子おばあちゃんも、つつじおばさんも聞き流していました。

それは、こころお母さんも同じでした。


宿題を早めに終えた子どもたちは、千穂ちゃんの部屋で遊んでいます。

最近はやっているテレビゲームは、学おじいちゃんたち家族はもちろん、千穂ちゃん自身も嫌いです。

だから、いつも自分たちなりに工夫をして遊んでいます。

マジックで下絵を描いて、それをぬり絵として使うのです。

色を塗ることが大好きなゆめは、そのお手製ぬり絵をもらって、ごきげん！

のぞむお兄ちゃんも、千穂ちゃんの「自分でものを作って遊ぶ」というやり方を見習っています。

「僕、今日の夕方の野球クラブを休んだから、ここにきて遊びすぎちゃったー」

「あはは。だけど、私は楽しかったよ。久しぶりに会えたから。ね、ゆめちゃん」

千穂ちゃんが訊きます。

ゆめは、いつものように、カーペットの毛羽立ちをなでながら、「うん」と言いました。

千穂ちゃんの色鉛筆セットの中には、のぞむお兄ちゃんが持っていない色があります。

使ったことのない「ふかみどり」や「ぐんじょう」を眺めて、ゆめが訊きました。

「使ってもいいの？」

その手は、すでに目当ての色鉛筆を握りしめています。

「いいよ！」

千穂ちゃんは、ワクワクしました。

手作りぬり絵にどんな色を付けてくれるのだろう、と考えるだけで、自然に笑顔になってしまうのです。

ゆめがぬり絵をすると、鉛筆セットに入っていないような色ができます。

黒の上から赤を塗ると、レンガのような色になりました。

スカートをエメラルド色で塗ったゆめは、しばらく首を傾げていましたが、水色を上から塗り足して、にんまり！

「すごーい。ゆめちゃんが塗ったら、見たことない色ができるねっ！」

千穂ちゃんにほめてもらい、ゆめはにょきっと頭を突き出しました。

これは、甘えたいときの合図です。

くしゃくしゃ。

頭をなでてもらったゆめは、すぐさま二枚目のぬり絵に夢中になりました。

「いっつも、こんな感じなんだ」

のぞむお兄ちゃんはそう言って、ぐーっと腕を伸ばしているゆめのために、こげ茶の色鉛筆を取ってあげました。

その頃、大人たちはただならぬ様子で、話し始めていました。

「自閉症か。うむ。私たちが子どもの頃は、そういう名前も知らなかったなぁ」

「そうですねぇ」

学おじいちゃんと十希子おばあちゃんが深刻な表情を浮かべています。

いつもは元気すぎるつつじおばさんも、あまりの事実にショックを隠しきれません。

「お父さん、この先どうなるんだろう……」

こころお母さんがそう言うと、おばあちゃんもヤスシお父さんも不安になってしまいました。

みんな、ずっと先のことを考えすぎて、暗くなってしまったのです。

つつじおばさんも、直おじさんもそうでした。

でも、学おじいちゃんは、ただ一言、ポツリとつぶやきました。

「一番辛いのは、ゆめなんだろうなぁ」

そう言って、おじいちゃんは泣き始めました。

涙の粒が、ぽたぽたと膝の上に落ちています。

学おじいちゃんの泣く姿を見たのは、十希子おばあちゃんでさえ初めてでした。

「ちょっと先のことだけ考えよう。あまり先のことは考えすぎないで」おじいちゃんはそう言って、涙をぬぐいました。

「あせらずに進んでいこう。これからも、私たちが家族であることには変わりないのだから」

「みんなで支えあって、これからスタートしようよ」と、つつじおばさんが言いました。

「そうだね。これからは、僕らも遊びに行かせてください、お義兄さん」

直おじさんが言いました。

お仕事が忙しくなったので、ずいぶん長い間、ゆめのおうちに遊びに行っていません。

覚えているのは、のぞむお兄ちゃんの部屋くらいです。

「ぜひ！」と、ヤスシお父さんが、明るく返事をしました。

こころお母さんとヤスシお父さんは、これ以上ないほど、家族のいる頼もしさを感じていました。

大宮先生が言っていた家族での支え。

打ちあけるには勇気がいりましたが、学おじいちゃんの言うように、一日ずつ進んでいけば、きっとゆめも楽しい生活を手に入れられるはずです。

こころお母さんは、娘の障害を受け入れられる自分に気づいたのでした。

「ありがとうございます。僕は、今度の休みにでも、お袋のところに行こうと思います」

「さくらさんも、長いこと入院していらっしゃるわねぇ」

さくらおばあちゃんは、ヤスシお父さんのお母さんです。

心臓が悪いので、もう、うんと長く入院しています。

「一度に行っても驚かれるだろうから。まずは、ヤスシくん、よろしくお伝えしてくれよ」

「はい」

ヤスシお父さんは、自分が抱えていた悩みが、初めてほぐされた気分がしていました。

高井戸家の家族は、学おじいちゃんたちに見守られて、夜遅くに帰りました。

ヤスシお父さんの車なので、安心して、ゆめも、のぞむお兄ちゃんも、すやすや眠って乗っています。

「お義母さんのところ、私はついていかない方がいいのかなぁって思ったの。今回は、ヤスシ一人のほうがいいでしょ？」

「…ありがとう。実は、帰ってから言おうと思ってた。ありがとうな、こころ」

そうして、ある晴れた土曜日の昼下がりに、ヤスシお父さんは自分のお母さんのお見舞いに行きました。

病院では、思ったより元気そうな顔をしたさくらおばあちゃんが、笑顔で迎えてくれました。

「今日は一人？　みんな元気にしているの？」

ヤスシお父さんはしばらく他愛もない会話をしたあと、ゆめのことについて話し始めました。

「お袋、実は……。こういうことを突然、あのさ、驚くのを覚悟で言うんだけど……ゆめは、自閉症の一種で、アスペルガー症候群って呼ばれる障害の可能性が高いらしいんだ。つい最近、専門の病院にかかり始めたばかりなんだけど……」

「ゆめちゃんが……」

「お袋の心臓に悪いかなって考えてはみたんだけど、なんというか……」

さくらおばあちゃんは、「ヤスシ、私はもうおばあちゃんで、色々と経験もしたから、平気ですよ。今日はゆめちゃんのことを、よく話してくれたって思ったわ」と、しっかりとした口調で言いました。

「それに、私は亡くなった一さんの看病もしていて、周りの大変さも充分分かりますよ」

一さんとは、ヤスシお父さんのお父さんのことです。

のぞむお兄ちゃんが生まれる少し前に、病気で亡くなってしまいました。

「こころさんと一緒に、手を取り合って見守ってあげないとね」

「…ああ。お義父さんにも言われた」

「北沢さんのところはお元気だから、頼もしいじゃないの！　ヤスシは亡くなったお父さんの父親らしい姿を見ることができなかったけど、立派な人でしたよ」

ヤスシお父さんは、言葉をかみ締めて胸に刻み込んでいました。

いつも仕事で忙しかった一さんは、父親らしい優しさを見せる人ではありませんでした。

そのことを、寂しいと感じていたヤスシお父さんは、中学生の頃に一おじいちゃんとケンカばかりしていました。

ちっとも構ってくれない一おじいちゃんに、不満ばかり言っていたのです。

けれども、仕事を優先しながらも、お休みの日には必ず遊んでくれていた一おじいちゃん。

ヤスシお父さんは、なつかしさで胸が熱くなりました。

「こころさんのお父さまに、たくさん教えていただきなさいね。それから、私はゆめちゃんにお手紙を書こうかしら」

「あ…あんまり無理しないでくれよな」

さくらおばあちゃんは、「まあ、私は楽しみができたようで、むしろいいことだと思えますよ」と言います。

少しの沈黙のあと、「俺、ゆめだけじゃなくて、こころとのぞむのためにも、しっかりした父親になりたいって思う」、ヤスシお父さんは宣言にも似た気持ちをさくらおばあちゃんに伝えました。

「なれますよ」

その言葉を聞くと、ヤスシお父さんの目から、次々に涙があふれてきました。

それは、これからの不安や、新しい決心や、何もかもを含んだ涙でした。

そして、「自分が家族を引っ張っていくことで幸せになることができるはずだ」といううれし涙でもあったのです。


季節が移り変わる前に、ゆめの家族は、強い絆で結ばれました。

でも、本当に大変なのは、これからなのです。

こころお母さんは、大嫌いだった本を、がむしゃらに読み始めました。

どうやら、こころお母さんは、ゆめには予定変更などがあったら、前もって予告をしたほうがいいということを、ついつい忘れてしまうのです。

なぜなら、お母さんでいるのは忙しすぎるからなのです！

「結果的に忘れているんだ、私」

こころお母さんは納得できたのですが、予定変更をどうやってゆめに伝えるのか、しばらく考えました。

そして、とにかく、思いついたアイディアを試していくより他はないという考えにたどり着きました。

あれから予約の日に、大宮先生の病院に行ったのですが、紹介された心理療法士の森岡先生に驚いたゆめは、泣きっぱなしだったのです。

森岡先生は、三十代後半くらいの女性で、小学校の体育の先生のような雰囲気です。

こころお母さんは、家族のために自分自身もしっかりしようと思えるようになりました。

ゆめが幼稚園から帰ってくる時間が近づいてきました。

こころお母さんは、それまでに少しでもアスペルガー症候群のことを理解できるように、懸命になって本を読むつもりです。

「よーし、頑張って読むぞぉっ」

エプロンのポケットに目薬が入っているのを確認して、こころお母さんは嫌いだった文字と向き合いました。


時計の針の音と、ページをめくる音だけがするリビングで、こころお母さんは「ちょっと休憩っっ」と言い、じゅうたんの上に寝そべりました。

自分でも信じられないという顔で時計を見ました。

なんと、一時間半も読書をしていたのです！

こころお母さんはうつ伏せと仰向けを繰り返しました。

まるで地球の中に吸い込まれるような心地です。

「そういえば、ゆめはいつも、こういう格好しているなぁ」

こころお母さんは、少しだけゆめの立場に身をおいたような気になりました。

「よく分からないけど、横になるだけで、こんなに気持ちいいものなのねぇ。特に疲れているときって」

ふと、なかなか幼稚園のバスが来ないなぁと思っていると、突然電話が鳴り出しました。

「も…もしもし」

「こんにちは、ももいろ幼稚園の赤坂です」

「あ、いつもお世話になっております」

受話器の向こう側から、火のついたような泣き声が聞こえてきます。

こころお母さんには、すぐにゆめだと分かりました。

「実は……」

そして、赤坂先生が事情を話してくれたのでした。


それからしばらくして、ゆめは鼻の頭を真っ赤にして、べそをかきながら赤坂先生と帰ってきました。

「おかあぁさん」

「赤坂先生、ご迷惑おかけしました。ありがとうございました」

「いいえぇ」

「お身体、お大事になさってください」

こころお母さんがそう言うと、赤坂先生はうれしそうに微笑みました。

「ゆめのことなんですが、実は、赤坂先生にもご相談しようと思っていたことがありまして……」

ためらいがちに話すこころお母さんに、赤坂先生は言いました。

「よろしかったら、今お伺いさせていただきたいな、と」

「本当ですか？　では、お上がりくださいっっ」

赤坂先生を見つめているゆめは、しょぼんとしてソファの上に座っています。

「もうおなか痛くない？」

「心配してくれてありがとう。今は痛くないよ」

そうすると、ゆめは安心したような顔で言いました。

「よかったあぁ」

赤坂先生のおなかの中には、赤ちゃんがいるのです。

最近の冷え込みで、急におなかが痛くなったので、今日は具合が悪くなってしまったのでした。

「他の園児たちも心配してくれたんですが」

「私もお電話で伺ったときに、心配しました。八ヶ月目って、体調が崩れやすいですものね」

「私ったら保育士のくせに、園児に心配かけちゃって。それで、突然なんですが交代の方をお願いすることになったんです」

ゆめは、赤坂先生が具合が悪いことと、新しい先生が来るということを聞いて、赤坂先生がこの世から消えてしまうと思ったのです。

慣れ親しんだ赤坂先生の顔の上に、なんとか新しい先生の顔を思い浮かべようとしていたのですが、できるはずもありません。

そして、怖くて泣いてしまったのです。

こころお母さんは、赤坂先生にアスペルガー症候群のことを少しだけ話しました。

「私たちもつい半月ほど前に知ったばかりで」

赤坂先生は真剣に聞いてくれました。

「家族でも、アイディアを出し合っているところなんです」

「他の保育士たちにも話してみます。園長先生にも」

思い切って話してよかったと、こころお母さんは思いました。

そういう間にも、こころお母さんの頭の中に、たくさんの工夫が浮かんでいくのです。

こころお母さんは、いいと思ったことを、猛スピードでメモに書き留めていきました。

学校から帰ってきたのぞむお兄ちゃんと、ああだこうだと言い合いながら、答えを導き出していきます。

「お母さんはご飯を作ってて っっ！　僕にもヒント出させてくれよ！」

妹がかわいくて仕方のないのぞむお兄ちゃんは、必死に言いました。

こころお母さんはムッとしましたが、一方で妹を大事にしてくれる自分の息子のことを、とても誇らしく思いました。

「ゆめは何が好きなんだよおー」

のぞむお兄ちゃんがゆめに言いました。

ゆめは考えました。

（何が好きなんだよー。あ、好きなものはぁ）

そして、黙って自分のお気に入りの品物をのぞむお兄ちゃんの前に並べ始めました。

大好きな絵本と、毛布と、それからまだあります。

未使用のエメラルド色の鉛筆や、カラの薄紫色の香水のビンに、文庫本もあります。

ゆめはリビングの一角に、子ども用の椅子や本棚で囲いを作って、その中で遊んでいることが多いのですが、その秘密の空間に、こんなにたくさんの好きなものを隠しているとは、誰も知りませんでした。

のぞむお兄ちゃんはあわてて「何やっているんだよっ」と止めました。

「お兄ちゃん、何が好きなんだよーって言ったもん」

「えええぇー!?！」

のぞむお兄ちゃんは家中に響き渡るような声を上げました。

ゆめは、好きなものはたくさんあるのですが、うまく表現できなかったので、並べてみようと思ったのです。

まだまだ出そうとするので、「分かったッ！　ゆめが好きなのは、たくさんなんだ！」とのぞむお兄ちゃんが言いました。

すると、ゆめの頭の中では（たくさん。好きなものって言われたら、たくさんって言うんだぁ）という方程式のような言葉が流れていきました。

ゆめはこうやって言葉を覚えていくのです。


「ゆめは、俺たちが思っているより、知っているものが多いんじゃないかな」

ヤスシお父さんが言いました。

「僕もそう思うっっ！　おじいちゃんもびっくりしてたじゃんっっ!!」

興奮してのぞむお兄ちゃんも言いました。

午後九時過ぎのホカホカしたリビングでは、最近恒例となった一家だんらんが続いています。

「文庫本は読めるわけがないけど、前に大宮先生が言っていたように、文字だらけの本が安心材料になっているんだよ」

アスペルガー症候群について詳しく書かれている本を片手に、確認するようにヤスシお父さんが、こう尋ねました。

「でも、今の時点では『モノ』の存在を知っているだけで、どういう意味があるか理解できていない……ってことだよな」

ゆめと両手ぴったんこ遊びをしていたこころお母さんは、「そうだと思う」と小さく言いました。

ぴったんこ遊びは、ゆめが一番大好きなものです。

足の裏や、背中をくっ付けあうのですが、ゆめにとっては、遊びというより、むしろ真剣勝負なのです。

こころお母さんの集中力が途切れたので、ゆめは力の入れ方がへんてこな方向に行ってしまいました。

くっ付けていた手の平が離れてしまったので、「ぎゅ、っは?」と、ゆめが言います。

「うん?」

「ぎゅっ、して」

ゆめは広げられるだけ指を開いて、こころお母さんに手の平を見せました。

「ぎゅ？」

ヤスシお父さんとこころお母さんが、声をそろえて言いました。

ひとしきり考えたのですが、まったく見当もつきません。

ふたりは、ぎゅっと言われても、おすし屋さんの姿しか思い浮かばなかったのです。

でも、のぞむお兄ちゃんは自慢げに、こう言いました。

「ぎゅって、力を込めるってことだよ！　ゆめ、時々言うもん。人差し指を出して、ぎゅってしてみてってって言う」

「うそぉ。だって、ゆめって全然力ないよ」

こころお母さんは試しに思いっきりゆめの手の平に自分の、このくらいかな、という力をぶつけてみました。

そうすると、ゆめは待っていましたといわんばかりに、ぎゅーっとありったけ返してきたのです。

「ほ、本当だぁ……！！」

こころお母さんの目が点になりました。

「す、すごいな、のぞむ」

のぞむお兄ちゃんはほめてもらえたので、明日の野球クラブでホームランが打てそうな気分になりました。

「まだあるんだよ」

嬉々として、ゆめが漢字を書けることを話すのぞむお兄ちゃんに、ヤスシお父さんは「それは驚いた！　だけど、まさか、自分の宿題をゆめにさせていたわけじゃないよな？」とチクリと痛い視線を向けました。

「うっ……」

その通りだったのぞむお兄ちゃんは、しらばっくれることにしました。

「そういえば、さくらお義母さんのお手紙のお返事に、漢字があったけど……」

「それはね、僕の宿題をやってくれたときに覚えたやつさっ」

つい、のぞむお兄ちゃんは墓穴を掘ってしまいました。

こころお母さんは、まったく宿題を妹にさせてと、のぞむお兄ちゃんを怒りたくもなりましたが、もっとたまらなく不安になりました。

それは、ゆめの脳が、とても無理をしているように思えたからです。

「ゆめ、さくらおばあちゃんと文通するの、楽しい？」

「うん。今から書いていい？」

文通の話をし始めた途端、ゆめの頭の中には、もぎたての新しい文脈が、鼓笛隊のパレードに沿って行進を開始していました。

こころお母さんは戸惑いました。

「あ…明日書いたらどうかな？　新しく来る幼稚園の先生のこととか。ね？」

「うぅん……」

一瞬、リビングに暗雲が立ち込めましたが、のぞむお兄ちゃんが、「ゆめ、もう寝る時間。寝坊したら幼稚園に遅れるからな！」、またまたコーチの受け売りをとどろかせながら、部屋の方を指差しました。

「そ、…それはそうね。ゆめ、おねんねしようね」

こころお母さんが優しく言うと、「はぁい。おやすみなさい」と、何事もなかったようにゆめはすっくと立ち上がるのでした。

十月も半ばをすぎて、いよいよ新しい保育士の、小岩先生がやってきました。

小岩珠樹先生は、二十四歳の若い先生です。

ももいろ幼稚園にやってきてすぐに周りと打ち解けるような、気さくな先生でした。

ゆめのクラスのキリン組、吉祥寺先生の受け持つゾウ組や、元気いっぱいのリス組の子どもたちの間でも、あっという間に人気者になりました。

先輩の保育士さんや園長先生も小岩先生のやる気を、一生懸命支えてくれそうです。

それは、幼稚園の先生たちが、一丸となってゆめの障害への理解を広めようとしてくれている証でもありました。


「はじめまして。小岩珠樹です。今日から赤坂先生の産休代理で、キリン組の先生になります。みんな、よろしくお願いします！」

園児の朝の集会で、小岩先生は元気よく挨拶をしました。

「先生、彼氏いるのぉー？」

年中のゾウ組の男の子がそう叫んだので、小岩先生はびっくりしてしまいました。

担任の吉祥寺先生が「そんなことを言って、小岩先生の彼氏になりたいのかなぁ？」とその男の子に向かって言いました。

そうすると、集会場で楽しそうにみんなが笑いました。

その男の子は、度々冗談を言うので、ももいろ幼稚園のみんなは笑いなれしてしまっているのです。

こういう時、ゆめは、周りに合わせて笑うようにしていました。

小岩先生は「彼氏はいませんよー！」と、新入りながらも、はきはき答えて場を盛り上げてみました。

でも、内心では、心臓がのどから飛び出してしまうようでした。

ドクドクと心臓が鳴り、手にじっとりと汗をかいていたのです。


午後の見送りを終えてから、小岩先生は職員室で、他の保育士さんからねぎらいの声をかけてもらい、だいぶ元気を取り戻したようです。

「正直言って、かなり驚いてしまいました……」

小岩先生は九州の田舎の幼稚園で保育士をしていた経験はあるのですが、こんなに都会の子どもたちを受け持ったのは初めてだったのです。

「それは、私たちも同じなのよぉ。最近の子どもの会話って、大人の私たちでさえヒヤヒヤさせられてしまうから」

当の吉祥寺先生も、かなり戸惑ったように言いました。

年少クラスのリス組を受け持つ境木先生も、「小さい子どもたちも、年長さんの真似をしちゃうから」と口の端を下げてしまいます。

先輩の話を聞いているうちに、小岩先生はもいろ幼稚園で仕事をすることで、子どもたちの心に素朴な温もりを与えたいと思いました。すると、これからの仕事が楽しみになりました。

そして立ち上がって、「私、できるところから頑張ってみます！　これから、いっぱいご指導をお願いします！」と、所信表明のように力強く宣言したのです。

先生方や事務の人は、小岩先生の若さを頼もしく思ったのですが、園長先生は驚いてしまい、飲んでいたお茶が気管に入ってしまったのか、しばらくはむせていました。

8　努力への道

こころお母さんは、ここ最近のゆめの状況をメモして、大宮先生と、ゆめの心理療法士さんでもある森岡先生の待つ東陽病院へと向かいました。

ゆめは、筋弛緩訓練の体操を森岡先生とやっています。

ふだんの生活の中でゆめは驚くことが多いため、そのせいでこわばった筋肉を柔らかくしてあげるためにこの訓練をするのです。

腕にぐっと力を入れ、しばらくたってから、ふぅっと力を抜くことで、だんだん緊張が緩んでいきます。

秒針が一周する間、ゆっくり深呼吸をしていると、ゆめの体は、しだいにポカポカしてきました。

訓練体操のやり方を見つめているこころお母さんは、森岡先生のやり方を目と体で覚えています。

「呼吸の仕方によって、体の具合がこんなに違うものなんですね」

こころお母さんが言います。

「そうなんです！　とにかく続けることが大事ですね。リラクゼーション法のコピーを取ってきたので、おうちでも続けてください」

森岡先生は丁寧に折りたたんだコピーを、こころお母さんに手渡しました。


そのあと四人は、大宮先生の診察室で、今日の診察のまとめをしています。

森岡先生はこころお母さんと同世代でもあるので、何かと話題が共通して話しやすそうです。

「ゆめが、最初に森岡先生にお世話になったときに泣いていたのは、嫌いなのではなくて、びっくりしたからなんだと分かってきました、最近」

そして、こころお母さんは、自分のアイディアをまとめたノートを大宮先生に見せてみました。

「これは？」

「家族で観察していたんですけど、ゆめは絵にすると分かりやすそうなんです。それでゆめの兄や、それから私とか主人もみんなで頑張って描いています」

大宮先生は、そのノートを見て、「これはすばらしいですよ、お母さん。僕たちも毎日勉強しているのですが、やはり一人ひとりに見合った創意工夫が必要だな、と感じていたところなんです」と、感慨深げに言ってくださったのです。

千穂ちゃんが作ってくれたぬり絵を見せると、大宮先生は大感激の様子です。

「混色ですね。これは、自閉症の子どもに多く見られますね。しかし、特に強制してやめさせたり、たくさんさせたりする必要はないですよ。これからも、ゆめちゃんがぬり絵をしたいときは、させてあげてください」

「はい、そうします！　それから、言葉のほうも……」

こころお母さんはゴソゴソと束にされた手紙を取り出しました。

ゆめは、さくらおばあちゃんと文通をするようになって、だんだんと気持ちも言葉で言い表せるようになってきていました。

森岡先生が言います。

「今日のゆめちゃんは、最近の出来事も、自分の表現を使っておしゃべりしてくれたんです。ね？」

先生が問いかけると、ゆめは「楽しかったです。幼稚園のことをお話しました」と、ちゃんと返事ができました。

そして、森岡先生はこう続けました。

「ゆめちゃんの場合は、体の動かし方にも特徴があって、とてもぎこちないところがあるんです。今日、お母さんともお話しをしていて、これからは筋弛緩体操と、ラジオ体操を規則的に生活に取り入れたほうがいいな、と思いました。大宮先生はいかが思われますか？」

「そうですね。それはとても大事なことだと思います。寝る前に筋弛緩体操をやったら、寝つきがよくなりますよ。あれは血行をよくすることによって体を温める作用もあるから」

大宮先生がそう言ってくださったので、こころお母さんはとても安心しました。

「ありがとうございます。森岡先生からいただいたリラクゼーション法を地道にやってみます。それに、これからもよろしくお願いします」

こころお母さんが頭を下げた横で、ゆめは「のびのびします」と言いました。

大宮先生は意味が分からなかったので、いつもと同じように質問をしました。

すると、「のびのびしますは、ぼんやりするの意味です」と答えたのです。

ゆめは、自分になりに教わったことを吸収し始めています。

ただ、さっきの「のびのび」は、食事のときに十希子おばあちゃんに教わった「ゆっくり食べなさい」という「のんびり」の意味で使ってみたので、周りに伝わらなかったわけです。

そうゆめが説明すると、他の三人はほほえましそうにゆめを見つめました。

ゆめはしだいに、何かある前には必ずこころお母さんが予告を入れてくれる、ということを覚え始めました。

周囲が作ってくれた、太いしめ縄のような安全な場所で生活できるようになって、今のゆめは、これまでの疲れがどっと出ている状態です。

「幼稚園で出席シールをやっているから、うちでも『よくできましたシール手帳』を作ろうっと」

こころお母さんは、アスペルガー症候群の特徴をまとめた新しい本の中から、自分の家族に負担のないようなやり方を、日々模索しています。

最近は、一日が二十四時間でも足らないと感じるほどでした。

そんな生活の中でも、家族が協力し合って生きていくのは、瞬《まばた》きする時間さえも惜しいと思えるほど、暖かなものなのです。

ドタバタの日常の中で九歳の誕生日を迎えたのぞむお兄ちゃんも、真新しいグローブを買っただけ。

「野球クラブは続けたいな。せっかくバッティングも上手になってきたし。それから、ゆめのこと、僕のアイディアも混ぜてね！」

こころお母さんは、いつものぞむお兄ちゃんにお説教ばかりしていたのですが、今年はプレゼントと一緒に、初めてカードを書きました。

もらうとすぐに、ゆめに見せに行ったのぞむお兄ちゃんの背中は、去年よりも確かに大きく成長していたのです。

よく考えてみると、のぞむお兄ちゃんが元気なことにかまけて、あまり会話を交わしていなかったこともありました。過去の家族のあり方を思い出すことも、こころお母さんにはアイディアに結びつくことなのです。

夕焼け色の空を見つめながら、流れ星を一度も見たことのないこころお母さんは、ふと思いました。

自分にはふたりの子どもがいる。

ヤスシお父さんや、支えてくれるつつじおばさんたち。

心の中に、いくつも希望の星がある！

「ゆめ、お母さん頑張るからね」

こころお母さんは、胸の中にその言葉を刻みました。

あいにくのどしゃ降りのお天気の中、小岩先生が家庭訪問に来ました。
「おじゃまします」
「どうぞぉ。ゆめったら、熱を出してしまって。あたふたしてますけど、今日はよろしくお願いします」

ゆめは、扁桃腺《へんとうせん》が弱いので、冬が近づいてくると、決まったように発熱してしまいます。近頃は改良されてとても使いやすくなったデコボコのアイスノンを片手に、こころお母さんは朝から大忙しです。

「私も小さい頃、よくやりました、扁桃腺！　言いようがないですね、あの辛さは。何でも喉に響いてくるんですよね。じゃあ、小声で話さないと」

小岩先生はお茶をすすりながら、こころお母さんが戻ってくるのを待ちました。

「今ね、小岩先生がおうちに来てるよぉ」

ゆめはアイスノンの冷たさで少し楽になったのか、先生に会いにいくために起き上がろうとしました。

「ねんねしていないと、風邪がひどくなるから、今日はお母さんの言うことを聞いてね。リビングで先生とお話をしているから」

「はぁい」

眠い、でも、どうしても小岩先生に挨拶をしたいなという気持ちと、だけど、実際に頭がクラクラするせいで、ゆめは立ち上がることができません。

「お鼻の上に粘土をくっ付けられた臭いがするよぉ……」

ゆめは、幼稚園の工作の時間で使った粘土が、鼻の頭にベタっと貼り付けられたような、不快指数二百パーセントの天井を見つめていました。

じっとしていると、リビングの方からひそひそと声が聞こえてきました。

実は、ゆめには小声の方が普通の声より聞こえてしまうことがあるのです。

大きな声にも驚いてしまうゆめ。

でも、小声が聞こえすぎるから、混乱もします。

そして、このように体の具合が悪い日は、より一層、アスペルガー症候群の持つ感覚過敏が冴え渡ってしまいます。

こころお母さんと小岩先生の声が、耳の中でゾロゾロと行進をしていくので、ゆめはたまらずにむくっと起き上がりました。

フラフラしながら歩いてきたゆめを、こころお母さんも小岩先生も、新種の生き物を発見したかのような目で見てしまいました。

それほど驚いてしまったのです！

「ゆめ、具合悪かった⁉　どうしたの？」

「お母さんと珠樹先生の声が響いてきたからぁ。ファクスは、とか、連絡帳とか……」

ゆめの言葉に、小岩先生はしゃっくりが出そうなほど驚いてしまいました。

「あんなに小さい声で話していたのに、聞こえるなんて！」

こころお母さんも、目からうろこが落ちてしまいました。

頭の中で、目からうろこだなんて言葉を作った人は白内障だったのかしら、と考えもよぎりましたが、そんなことはさて置き、あわててノートに書き込みました。

大雨の中で小声で話していても、ゆめには聞こえてしまう、と。

もうろうとしながらもここまで来てくれたゆめに、「お耳痛かったねぇ。もう一回ベッドに戻ろうね」と子守唄のようにささやいて、こころお母さんはゆめをおんぶして、ベッドまで連れて行きました。


「小声の方がかえって聞こえるかもしれないという報告の出ている本も、最近読んだばかりだったので……。はあぁ、驚いた」

「だけど、今日の家庭訪問も、明日からの幼稚園生活に役立てましょうね！　じゃあ、連絡帳をお預かりします」

「よろしくお願いします。小岩先生も風邪ひかないようにしてください」

小岩先生は大きめの青い傘をさして、「実家からよく効く煎じ薬を送ってくれたので、絶好調です。じゃあ、失礼します」と言って、高井戸家をあとにしました。

こころお母さんはゆめが早く元気になるように、「痛いの痛いの飛んでゆけっ！」という気持ちも混ぜながら、食事の準備に取りかかるのでした。

こうして、こころお母さんの愛情たっぷりのご飯をもりもり食べたおかげで、ゆめも、そして家族も元気いっぱいになることができました。

ゆめは、近くの春日病院でもらった咳止めシロップを飲むと、「苦いよぉ」と顔をゆがめたりします。

けれども、「お医者さんが言ったとおり飲んだら、ちゃんと治るんだぞ」とヤスシお父さんが教えてくれたのです。

近所で人気のある無農薬の野菜で作る料理は、自然とゆめの食欲をかきたてます。

のぞむお兄ちゃんが、「お薬だって思って食べよーぜ。そしたら、また遊びに行けるじゃん！」と励ましてくれたおかげで、ゆめは楽しくご飯を食べることができたのです。

決められたとおり、きちんと薬を飲んだゆめは、だんだん声が出るようになってきました。

外出が大丈夫になった晴れの日曜日。

ヤスシお父さんの洗車した車で、家族は久しぶりにこころお母さんの実家に遊びに出かけることになりました。

車の後部座席で、のぞむお兄ちゃんとゆめは、楽しそうにおしゃべりをしています。

「安全第一！　じゃあ、出発するぞ」

ヤスシお父さんの一声で、車は元気にエンジンの音を鳴らしました。

「ゆめ、今日のご飯なんだと思う？」

成長期ののぞむお兄ちゃんは、さっき朝ご飯を食べたばかりだというのに、もうお昼ご飯のことを考えています。

「……」

ゆめは、一生懸命考えたあと、「知らない」と言いました。

こういうふうに、いちいち考えてしまうことも、ゆめの脳の特徴なのです。

「お母さん、知らないって言われたっ！」

「お母さんだって知らないよぉ。つつじおばさんに聞いてごらん。でもねぇ、絶対にお腹減ったって言うと思って、ちゃんとおやつ持ってきているから。ゆめ、バッグどこだぁ？」

ゆめは足元に置かれている、水色のトートバッグをじっと見下ろして、「ここ！　ビスケットとオレンジジュースと、ゼリー、お兄ちゃんどれがいい？」と笑顔で言いました。

そのトートバッグの中身を見たのぞむお兄ちゃんは、チョコレートなしのビスケットを寂しそうな顔をして取り出しました。

「お母さん、最近、どうしてチョコレートなしのおやつにするの？」

「甘いもの食べすぎだから。野球クラブ、元気に続けたいでしょ？」

「じゃあ、試合の日とか、頑張ったときは？」

ゆめの頭の中で、前回の病院で習った言葉が、よみがえりました。

「頑張ったときは、ごほうびだよ。だから、お兄ちゃんはチョコレートバーを食べられる日」

「正解っ！」

ヤスシお父さんとこころお母さんが声をそろえて言いました。

このようにして、覚えたことを実際の生活の中での中で活かしていくことが、ゆめのためになるのです。

今日はおやつと一緒に、本も持ってきていました。

「ゆめ、お兄ちゃんのお下がりだぞっ。『ピノキオ』。本、好きだろ？　つつじおばさんの所に着いたら、一緒に読もうなっ」

すると、突然ゆめが悲しそうな顔をしました。

のぞむお兄ちゃんが言うとおり、ゆめは『ピノキオ』が大好きです。

お話の中の猫は、一番好きなキャラクター。

しかし、『ピノキオ』という名前を聞くと、幸福な結末が続いているのかいないのか、ゆめは気になってしまうのです。

バックミラーでゆめの泣き出しそうな顔を見たこころお母さんは、「本はあとでねぇ。車の中で読んだら、酔っちゃうから。ゆめ、ちゃんと酔い止め飲んだもんね」と言いました。

「うん。飲んだ」

ゆめは酔い止めを飲んできたということを、こころお母さんの言葉で思い出したのです。

頭の中でパンクしそうになっていた『ピノキオ』のことが、一瞬にして、学おじいちゃんたちが待つ家の映像に切り替わります。

それだけで、もくもくと広がっていた不安の雲のイメージが、すうっと消えていったのです。


お昼前に北沢家に到着したゆめたちは、ぽかぽかの太陽の下で、しばらくのんびり過ごしました。

十希子おばあちゃんとつつじおばさんは、忙しそうにお布団を干しています。

「ふうぅ。干しがいがあるわー」

いいお天気のおかげで、今夜はふかふかのお布団で眠ることができるのです。

これ幸いと、飼い猫の「もなか」も日向ぼっこを満喫しています。

「この猫の名前、おじいちゃんが付けたの？」

のぞむお兄ちゃんの質問に、「私が付けたんだ」と千穂ちゃんが答えました。

「おじいちゃん、お菓子のもなかが大好きだし、拾ってきたのおじいちゃんだから。でも、誰にもなつかないいんだぁ」

「ふーん」

のぞむお兄ちゃんは今まで動物には興味がなかったのですが、はるばる遊びに来たので、これを機会に猫と遊んでみようと思いました。

人間でいうと八十歳くらいのおばあちゃん猫のもなかはスヤスヤとお昼寝中です。

「おーい。も・な・か」

のぞむお兄ちゃんが呼びかけると、不快な顔をして、もなかが目を覚ましました。

年をとった猫のわりには頑丈そうな足取りで、部屋の中に入っていきます。

十希子おばあちゃんからありったけのしつけを受けたので、ちゃんと板の間を通るその猫が、ゆめの横を通り過ぎようとしたときです。

「ふんっ」

ゆめは猫にそっぽを向きました。

もなかは灰色の毛をした、やや大きめの雑種です。

ゆめにとっての猫は、『ピノキオ』に出てくる、あの猫だけ。

だから、もなかには興味がわかなかったのです。

何度来ても、灰色のまま。

頑張って風邪を治したゆめは、今日こそ、学おじいちゃんの家にいる猫が、黒と白のちび猫に変わっているかもしれないと期待していたのです！

ゆめの頭の中には、かもしれない、と思うものがたくさんあります。

もなかに対しても「ちび猫」に変わっているかもしれない気持ちがあったのです。

そんなことは誰も知るわけがありません。

近頃はちっとも元気のなかったもなかは、「にゃー」と元気よく鳴いてゆめの横にくっ付きました。

誰にもなつかなかったもなかが、自分から誰かの側に寄るところを初めて見たつつじおばさんは、「あらまぁ……」と、拍子抜けしたように言いました。

気持ちよさそうに、もなかが喉を鳴らします。

「もなか、うれしそう。ゆめちゃん、うちに来たら、一緒にもなかの世話しようね」と千穂ちゃんが声を弾ませました。

「する。わたしも、もなか好き」

太陽の光を浴びたもなかの毛は、ふわふわになっています。

ゆめは、思いました。

しっぽの先が白いちび猫ではなくても、猫なんだぁ、と。

もなかにそっぽを向かれたのぞむお兄ちゃんでしたが、お台所でできあがったお野菜たっぷりの焼きそばのいい香りにお腹がキュルルと鳴りました。

満腹になった子どもたちは、学おじいちゃんと一緒に、『ピノキオ』の本を読んで食後の気分転換中です。

もなかはゆめのお膝の上で、至福のお昼寝を続行しています。

「ピノキオは最後に人間の男の子になれて、めでたしめでたし」

「おじいちゃんの朗読、僕、初めて聞いたっ。今度の土曜日に野球クラブの試合があるから、おじいちゃんも観に来てよっ！」

「そうか。じゃあ、約束しような」

のぞむお兄ちゃんはとても爽やかな笑顔をして、ヤスシお父さんに報告に行きました。

でも、ゆめはしょんぼりしているのです。

「ゆめちゃん、どうしたの？」

千穂ちゃんが尋ねます。

ゆめは、「ピノキオは、人間になったあと、本当に幸せになれたの？　おじいちゃんが大人になるまで生きていてくれるの？　ゆめ、心配になっちゃうの」としかめっ面で言ったのです！

眉間《みけん》にはしわがよっています。

ゆめは、本を読み終わったあと、いつも考えていました。

「めでたし、めでたし」とは書いてあるものの、ピノキオは元気で暮らしているよ、という話を聞いたことがありません。

人間になったからには、この世界のどこかに住んでいるはず。

ゆめは、そういう風に信じていたのです。

学おじいちゃんは、切なくため息を漏らしました。

そのあと、ゆめの背中をなでながら、「ゆめは優しい子だな。ピノキオが幸せに暮らせていなかったらイヤだからなぁ」とつぶやきます。

「そう。『星に願いを』が叶ったからピノキオは人間になれたんでしょ？　じゃあ、ピノキオが困ったときも、お星様が助けてくれる？」

「人間になったピノキオにも、おじいちゃんたちみたいに家族を持てたと考えてごらん」

「わぁ。そしたら、寂しくないね！」

ゆめの顔に、とびきりの笑顔が戻ってきました。


帰り際、学おじいちゃんは、ヤスシお父さんとこころお母さんにその話をしました。

「大宮先生に話してみる。ありがとう、お父さん」

ゆめたちは、また遊びに来ると約束をして、家に帰りました。

9 ゆっくりするから見えてくるもの

十一月に入り、ゆめはすっかり元気になり、幼稚園に通うことができるようになりました。

キリン組ではお昼の時間です。

みんなが輪になって、お弁当を食べています。

ゆめが言いました。

「それでね、わたしは猫が大好きになったの。もなかって名前なの。珠樹先生は猫は好き?」

「いやぁ、先生は猫は苦手だなぁ」

サンドウィッチを食べていた小岩先生は、思わずへの字口。

その表情を見ただけで、猫が嫌いなのだと分かります。

ゆめの親友の純ちゃんが「うちはマンションだから、動物は飼えないんだって」と、言いました。

純ちゃんは、明るくて活発な女の子です。

長いみつ編みの黒い髪が似合い、たまにノロノロになってしまうゆめを、いつも助けてくれます。

「純も、もなかと遊んでみたい。お母さんに連れて行ってって頼んでみる」

「うんうん！」

「可奈の家もマンションだから、飼えないんだって」

小向可奈ちゃんは、ゆめと同じで、とても消極的な女の子ですが、小岩先生が担任になってから、前よりもお喋りができるようになってきました。

ゆめは、なぜ小岩先生は猫が苦手なのか知りたくなって、こう訊きました。

「どうして猫が好きじゃないのか教えてください」

好きじゃないなら、嫌いに違いない。

「苦手」という意味が分からないために、ゆめの頭は混乱してしまいました。

何か一つに答えをまとめたがることも、ゆめの脳の特徴です。

答えが出ないと安心できないできないので、なんでも質問してしまうゆめ。

こころお母さんやヤスシお父さんは、なぜ答えをほしがるのか理解できずにいました。

だから、家族の中でも誤解やすれ違いがたくさんあったのです。

「ううん。嫌いと言うより、苦手なものかなぁ。理由もなく怖いものってあるんだよ。はーい、みんな注目！」

ゆめに返事をして、小岩先生が手を上げました。

「みんなも苦手なものと怖いものがあると思いますッ！　午後は自由画帳に書いてみましょう！　いいですか？」

すると、園児たちは「はーい」と素直に答えました。

ゆめは、理由もなく怖いって、食べ物や臭いみたいなものかなぁ、と考えていました。

そして、すぐにでも自由画に怖いものを書きたいと思ったゆめは、お弁当よりも道具箱のほうが気になり始めました。


「ゆめちゃん、一緒に書こうね」

「うん。ねえ、純ちゃんは怖いものって何？」

「えーっと、犬。近所に放して飼ってある犬がいて、ほえるから」

「ふぅん」

何に対して興味があるのか、自分でも分からないゆめは、純ちゃんとおしゃべりをすることでたくさん発見をします。

こうやってお話をしていると、こころお母さんが作ってくれたおにぎりを自然に頬張ることができるようです。

愉快に話をしているので、ご飯がおいしく食べられるのです。

「可奈ちゃんは？」

ゆめは隣の席でご飯を食べている可奈ちゃんに問いかけました。

「うんとねぇ、まだ決めてないよ」

「じゃあ、純ちゃんとわたしと一緒に書こうよ」

でも、可奈ちゃんは申し訳なさそうに「あのね……、可奈、慶都ちゃんと書くね」と言います。

「そっかあ。次は一緒に書こうね」

可奈ちゃんは、とても残念に思いました。

本当は一緒に書きたかったのです。

でも、どうしてもできない理由があります。

慶都ちゃんは、可奈ちゃんが他の女の子たちと仲良くすると、やきもちを焼くのです。


ゆめには、仲良しのお友達がたくさんいます。

でも、誰が一番というわけでなく、みんなちがった形で精一杯大好きなのです。

そして、今はまだ、嫌いなものが分かりません。

だから、苦手なものも分からないわけです。

でも、今のところ、どうやら、その「嫌いな何か」に直面すると、ゆめはお腹がグルルと痛くなって、親指の爪をカツカツと噛んでしまうようです。


仲良しの純ちゃんのお母さんの佐知子さんと、こころお母さんは気が合い、ももいろ幼稚園に入園したときから、ずっとお友達です。

面倒見のいい純ちゃんの性格は、ゆめのやる気を引き出してくれます。

それから、園田まり子ちゃんとも、いつもお絵かきをします。

まり子ちゃんは、どことなく、こころお母さんと動き方や仕草が似ていて、幼稚園にいる間もお母さんの側にいるような気持ちになることができるのです。

「ゆめちゃんは、珠樹先生の質問、答えは何にした？」

まり子ちゃんがゆめの画用紙をのぞき込みましたが、何も書いてありません。

「まり子はね、苦手なのがお野菜と、怖いものはお化け」

「怖いもの一緒だぁ。純もお化け怖いもん。それから、ゴキブリ怖い。急に動くから」

「そうだぁ！　そしたら、もっとある」

純ちゃんとまり子ちゃんがそう言うので、ゆめはとりあえず、怖いもののリストの中に、お化けと虫と書きました。

「高いところは？」

ゆめが言うと、「あ、わたし、怖いっ！」と言って、純ちゃんがあわてて書き込みます。

そんな純ちゃんの姿を見て、ゆめはクレパスを手に取りました。


教室の中では、いくつかのかたまりに分かれてお絵かきの時間が続いています。

男の子たちはバラバラですが、それでもキリン組ではケンカがないので、小岩先生は今のところ一安心です。

明るい目で、教室をくるくる歩き回ります。

書き終わった園児たちが、次々に小岩先生のもとに駆け寄ってきました。

「へー。敬太郎くんは苦手なものが炭酸ジュースかあ。どうして？」

武隈敬太郎くんは、やんちゃな男の子です。

幼稚園の運動場を元気に走り回り、いつもどこかに怪我をしています。

年下の園児を遊ばせることも上手なのですが、そのたびに事務の多津見さんの机の下においてある救急箱のお世話になっています。

「虫歯になったから。だから、もう飲まないってお父さんと約束したんだ。だから、怖いものは虫歯！」

敬太郎くんはお父さんとそっくりの眉毛をキリリとさせて言いました。

「ふむふむ。なるほどぉ」

小岩先生は敬太郎くんの画用紙に、スマイルマークのシールを貼りました。

そのお友達の大和祐一郎くんは、苦手なものはネバネバ納豆で、怖いものの所にお母さんと書いています。

「なんでお母さんが怖いのかなぁ？」

「怒るから。僕がお洋服を泥んこにしちゃうし、お洗濯物が増えるって。でもね、今日帰るときは泥んこにしないようにするっ！」

「そうかあ。じゃあ、お母さんもうれしいね！」

こうやって見ていると、園児一人ひとりに、ちゃんと自分の考えが育っているようです。

小岩先生は、間近で実感できる保育士の仕事って、やりがいがあるなぁ、と感動しました。

そして、いそいそとシールを張ります。

祐一郎くんは、背の低い、痩せっぽちの男の子ですが、優しい心を持った子どもです。

そのお母さんは、連絡帳の通信欄に、必ず家での生活を書いてくれる几帳面な人で、いつも祐一郎くんが健やかに育つことを願っている、子どもが大好きなお母さんです。

敬太郎くんと祐一郎くんは、それぞれの家族にたっぷりの愛情を注がれ、ぐんぐんたくましく育っているのです。

「いっぱい書けましたか？」

シール帳を片手に歩いていた小岩先生が、女子の画用紙をのぞきはじめました。

純ちゃんとまり子ちゃんが「珠樹先生ぃ」と呼びます。

書きたいことが上手《うま》く表せたと思っているゆめも、うれしそうな顔をしています。

しかし、小岩先生はゆめの画用紙の中の怖いもののリストに、黒のクレパスで「いろ」と書いてあるので、ちんぷんかんぷんになってしまいました。

そこで、尋ねてみることにしました。

「ゆめちゃん、怖いものの、いろ、ってどういう意味なの？」

「わたし、緑色と茶色が怖いの。一番怖いのは、白。真っ白はまぶしくて、目がギクギクするから」

「えーっと……、目がギクギクするって？　先生ちょっと分からないなぁ」

小岩先生が眉間にしわを寄せました。

「ああいう白」

ゆめは窓の外を指差しました。

そこには、ツヤツヤの乗用車が停まっていました。

「それで、毛虫が目の上でモジョモジョしているみたいになるの」

そうなのです。

ゆめは、修正液のような真っ白を見ると、目がつぶれそうになるのです。

他にも、蛍光灯や太陽の日差しも、ゆめにとっては「ヂグヂグ」するものなのです。

ゆめの家にある車はツヤ消しされたグレイ色。

小岩先生は、「じゃあ、本当に怖いねぇ。よく書けました」と優しく微笑んで、ゆめの画用紙にシールを貼りました。

道具箱に自由画帳を戻し終わった中野セイちゃんと茅野佳嘉ちゃんが、走り寄ってきます。

「ゆめちゃん、まぶしいときは、日影に行ったら大丈夫だよ。明日の砂場遊び、一緒にしようね」

佳嘉ちゃんが笑いかけるました。

だけど、ゆめは「うん。でも、わたし、砂場で遊ぶのへたっぴだよ？」と、ためらいがちに言います。

そこで、純ちゃんが助け舟を出しました。

「お水で固めて作るのが苦手なんだ、ゆめちゃん」

そうすると、「それって分かる。だって、ベタベタくっ付くもんねぇ」とセイちゃんが言いました。

「ゆめちゃん、明日、佳嘉ちゃんたちと砂場遊びしよう」

純ちゃんのみつ編みが、風になびいています。

水をたくさん含んだ土が、ベタベタくっ付く。

それは、ゆめがずっと言いたかったことでした。

指の間に挟まると、手の平がとても重たくなったように感じるのです。

今まで大嫌いだった砂場の時間。

でも、ゆめは初めてほんの少しだけ、その時間を待ち遠しく感じました。


佳嘉ちゃんは、キリン組で一番大人びた、先生にも評判のいい女の子です。

セイちゃんはうっかりミスが多い女の子ですが、繰り返しトライする頑張り屋さんなので、クラスのみんなからも好かれています。

その二人が、ゆめや純ちゃん、まり子ちゃんたちの仲良しグループに寄っていくのを遠目で見ていた慶都ちゃん。

すぐさま、「先生、こっちにも見にきてよ!!」とトゲトゲしく声を上げました。

その横で、可奈ちゃんはいたたまれない表情をして、楽しそうなゆめの周りを見つめていました。

潮田慶都ちゃんと小向可奈ちゃんは、いつも二人だけで行動しています。

慶都ちゃんは、おしゃれ好きで、自分が中心にいないと満足できない女の子です。

そして、自分の思い通りにならないと、可奈ちゃんに冷たく当たったり、都合のいいときには召使いのように扱います。

可奈ちゃんは他の女の子と仲良くしたいと思っています。

でも、引っ込み思案なので、慶都ちゃんに言うことができません。

しょんぼりしていた可奈ちゃんですが、小岩先生が絵を見に来てくれたので、あどけない表情になりました。


園児がそれぞれのおうちに帰り、職員室では小岩先生が連絡帳をまとめています。

残るは、ゆめの連絡帳だけです。

「うむぅ……。今日のお絵かきのことは、なんて表現したらいいのかなぁ？」

目がチクチクするようですと、そのまま書いて伝わるんだろうか。

ゆめが困っている問題を解決してあげたい。

小岩先生は、ゆめがどのように過ごしているか、ありのままこころお母さんに伝えたいと思っています。

「よし。目が痛むことはそのまま書いて…と。そうだ、砂場の時間の工夫について、ということも書こう！」

田舎暮らしが長かった小岩先生は、ゴム手袋があれば、水を使っての砂場遊びができるのではないだろうか、と考えました。

次の火曜日の午後を愉快に過ごせるようにと、小岩先生のボールペンがスラスラと紙の上を滑っていきます。

そんな小岩先生とは反対に、リス組の境木先生は、ため息をつきました。

「どうしたんですか？」

吉祥寺先生が尋ねました。

「ちょっと、おととしのことを思い出してしまって……」

「あっ」

いつも元気な吉祥寺先生の顔から、笑みが消えました。

ゆめが幼稚園に入園したのは、年中のゾウ組からでした。

ももいろ幼稚園には、三歳から通うリス組、四歳からのゾウ組と、キリン組の三つのクラスがあります。

慶都ちゃんと可奈ちゃんは、年少のときから、ももいろ幼稚園に通っています。

そのリス組のとき、慶都ちゃんは根岸蛍子ちゃんという女の子とも仲良しでした。

蛍子ちゃんは、小柄できゃしゃな体型の、愛くるしい女の子です。

おてんばですが、可奈ちゃんと一緒にいると、ホッとすることができるので、よくグラウンドで絵本を一緒に読んでいました。

しかし、自分の一番のお友達を取られたと思った慶都ちゃんは、可奈ちゃんを無視するようになったのです。

絵本が好きな蛍子ちゃんがいつも一緒にいてくれるように、慶都ちゃんは面白い絵本を、たくさん幼稚園に持ってきました。

蛍子ちゃんは、飛び出す絵本や、外国の絵本に夢中になりました。

そして、可奈ちゃんにも見せてあげようと思っていました。

ところが、「これ、蛍子ちゃんにしか見せないものだよ」と慶都ちゃんが言ったので、蛍子ちゃんは可奈ちゃんと一緒にいる時間が、だんだん減ってしまったのです。

知らない間に、自分も可奈ちゃんを無視していたことを知ってから、蛍子ちゃんはしばらくの間幼稚園に来ることができなくなってしまいました。

蛍子ちゃんは、可奈ちゃんのおうちに遊びに行きたいと、お母さんに頼みました。

自分の持っている絵本を読んだり、一緒に歌ったり。

可奈ちゃんと過ごすほうが楽しい、と蛍子ちゃんは感じていたのです。

でも、今度はそれを知った慶都ちゃんが、可奈ちゃんを独り占めするようになってしまいました。

そういうことがあったせいか、ももいろ幼稚園はしばらくの間、暗闇に閉ざされたかのようでした。

「蛍子ちゃんがまた通園できるようになって、あの時は言葉にならなかったです……」

事のてんまつを話し終えた吉祥寺先生は、それだけでやつれたように見えました。

その話を聞いて、小岩先生は、「今度の勤労感謝の日の行事のあと、懇談会があるんですが、そこでゆめちゃんのことについて、保護者の方々に協力をお願いしようと思っています」と、言いました。

幼稚園で過ごす子どもたちが仲良くするために、保護者同士の協力が必要だと、小岩先生は考えたのです。

話し合いの機会は、待っているだけでは、やってきません。

「発達障害について、私も本を読んでみたんですけど……」

そう言いながら、小岩先生は、机の中から、ノートを取り出しました。

そこには、発達障害の症状だけでなく、健常児と交流させるためにはどのようにすればよいか、小岩先生なりにまとめた考えが、たくさん書かれています。

吉祥寺先生は、「いつの間にこんなに勉強をしたの？」と驚き、目を見開きました。

「九州で交流学級をやっている小学校に、私の恩師がいて、交流をするためには何が必要かっていう講演をやっていたんです。一度行ってみて」

小岩先生は、その講演を聞いて、発達障害児の存在を知らせるだけではなく、健常児にどのように説明するかという新しい見方を知ることができました。

「それで、正しく理解してもらうには、保護者間の話し合いって、欠かせないんじゃないかって思ったんです」

小岩先生のノートを読みながら、境木先生は何度もうなずいています。

「ここ。保護者が関心を持っているかっていう所、すごく基本的なことではあるけど、実際に聞いたことってないよね」

境木先生がそう言うと、吉祥寺先生も「確かに。ちゃんと話題にしたことはないよ」と、深くうなずきました。

さっきまで暗い表情だった吉祥寺先生ですが、はつらつとした声で、小岩先生にこう言いました。

「これ、実費で行ったんでしょ？　えらいっ。私も見習わなきゃ！」

「うふふ。だって、実家に泊まったら宿泊代はタダですから！」

職員室に、どっと笑い声が上がりました。

子どもたちに明るい未来を作ってあげたいという思いは、吉祥寺先生と境木先生も同じです。

小岩先生の決意にみちた言葉に、先輩の保育士であるふたりは、とても共鳴しました。

お茶を持ってきてくれる事務員さんが、「園全体のことだから、私たちもできるだけ協力させてくださいね、先生」と励ますように言います。

「そうですよね。だって、子どもたちがここに楽しく通園してくれるようにしたいですから！　わ、茶柱が立ってるっ！」

「いやぁ、実は私のお茶にも茶柱が立っていますよ」

野毛園長先生がうれしそうに言いました。

目標は、快適な幼稚園作りだ。

小岩先生は、ごくりとお茶を飲みました。

甘いお茶は喉をゆっくりポッポッと温かくしながら通り過ぎていきました。

保護者参観のために、こころお母さんは、人間関係を円滑にするための練習本を買っていました。

ゆめの障害のことを、少しでも多くの人に理解してもらいたいと思っているからです。

「こういうのって、本当に役に立つのかぁ？」

まだまっさらなページをめくって、ヤスシお父さんがぼやきました。

「立たせなきゃ！　それにね、自分のためにもなるし。今度の懇談会で、小岩先生が他の保護者の皆さんに、ゆめのことを話してくださるのよ」

「そうか。じゃあ、俺もやってみよう！　先に見せてもらうな」

ヤスシお父さんはベッドの上であぐらをかき、うなずきながら途中で書き込んだりしています。

「うーん、こういうときどう行動しますか、かあ……」

それまでのヤスシお父さんなら、「見て見ぬふり」と書いていたでしょう。

でも、もうこれまでとは違います。

「じょじょに話し合って解決する」と、ボールペンで筆圧も強めに書いて、あらためて自分にハッパをかけました。


近くの公園に植えてある山茶花《さざんか》のつぼみがつきはじめました。

「第一印象ぅぅ……。見た目だよ、絶対」

こころお母さんは無造作に髪の毛をひっつめて、ここ最近ではテキパキに変わってきたお洗濯をすませると、すぐに練習本とにらめっこをしています。

きげんのいいときはポニーテール姿の多かったこころお母さんでしたが、今では、ゆめのためになりふり構わずという感じです。

そして、ひたすら本を読みあさっています。

まるで、受験生のように、机にかじりついているのです。

「発想の転換ねぇぇ」

それは、もともと正方形だったオペラケーキを、三分の一状態で、いかに四人平等に食べられるか、という問題の章でした。

こころお母さんは途端に面倒になって、「パス」と書いてから、次の問題に進みました。

すっかりひとり言が多くなったこころお母さん。

「セールの日だし、スーパーにでも行って、気晴らししてこようっと」と、ジーパンにするっと足を通しました。

この頃は、ちゃんと手帳を持ち歩くようになりました。

歩道にも、いいひらめきが落っこちているかもしれないからです。

街の中には、ゆめが「怖い」と思うものが山のようにあります。

それらを「怖くない」と教えてあげるには、何がゆめの不安の原因なのかを知らなければなりません。

バッグの中にお財布と手帳が入っているのを確かめて、こころお母さんはスーパーに出かけました。


「新製品かぁ。特売だし、買ってみよう」

こころお母さんは、ふだんのお野菜やお魚と、ポン酢とパスタ麺も買い物かごに入れました。

昔は、買い物に出ると、つい必要のないものまで買っていたこころお母さん。

でも、発達障害の本を読むと、自分にも似たような症状があるなあと思うようになりました。

そこで、自分の悪いところも意識的に変えていき、このように無駄遣いをしないように心がけています。

　お会計をすませ、スーパーを出たこころお母さんは、途中の道で雑貨屋さんに寄り道をしました。

　それは、ゆめにぴったりのアイテムがあるはずという、母親ならではの勘が導き寄せたような足取りでした。

「いらっしゃいませ。何かお探しですか？」

「クッションを見たいのですが。子どものための」

「それでしたら、近頃は低ウレタンのクッションが人気がありますよ」

　こころお母さんは、胸の中で貴重な探し物が見つかったように感じました。

　枕や布団の中敷のように、たくさんの種類があります。

「あの小さい星やハート型のやつも、同じ素材なんですか？」

「そうですね。お部屋の飾りつけなどに購入される方が多いですよ」

　こころお母さんは、若草色の星型と、紺色のハート型を二個ずつ買いました。


　ゆめは今年の十二月で六歳になります。

　幼稚園から小学校にかけて、成長の大切な段階にいます。

だから、健康な体になれるように、まず、こころお母さん自身が健康を大切にするようになったのです。

「今日は新しいポン酢もあるし、白身魚のムニエルにしよう。卵料理も研究しなきゃ！　そういえば、いつも黄身だけ残すなぁ……」

ゆめの好き嫌いについて、家族にはちっとも理解できないところがあります。

朝食のゆで卵は、毎回白身だけしか食べないのです。

かといって、黄身が嫌いなわけでもありません。

オムライスを作ったときは、モリモリと平らげたこともあったのですから。

こころお母さんはお夕飯の献立を決め、カルシウム満点のビスケットを一袋だして、放り出していた練習本に戻りました。

「コミュニケーション。うーん、改めて考えると、その実なんだろうって思っちゃう」

真剣に考えはじめた途端、頭が痛くなってきました。

早速ビスケットを食べ始めたこころお母さんは、この本が自分に向かないということを悟りはじめました。

「私だけじゃダメだし、付箋紙を貼って、ヤスシやのぞむにも聞かなきゃね。ゆめはどう考えるのかしら」

勤労感謝の日の保護者懇談会は、刻一刻と近づいてきます。

ただし、ゆめの周りには力強い味方がついていることだけは確かなのです。

こころお母さんは、ゆめの帰りの時間に合わせて、買ってきたクッションを自分でラッピングしはじめました。

「どうか、ゆめが気に入ってくれますように」

おそろいで買ったのぞむお兄ちゃんの分と二つ。

出来上がった小さなプレゼントに、こころお母さんは大好きな四つ葉のクローバーのシールを貼りました。


玄関のチャイムが鳴りました。

「こんにちは。ももいろ幼稚園の吉祥寺ですっ」

「はーい。ゆめ、おかえり」

「ただいまぁ」

前は吉祥寺先生の元気な声にビクビクしていたゆめですが、東陽病院に行き始めてから、ゆめ自身も声を大きく出せるようになってきました。

吉祥寺先生も、送迎することが楽しくなり、ひたすら喜んでいます。

「先生、また明日ね」

「明日ね。では、おじゃましましたっ」

吉祥寺先生がバスに乗り込むのを自分の目で確かめると、ゆめは、なぜかホッとするのです。

相変わらず怒涛《どとう》のスピードで送迎バスに戻っていった吉祥寺先生を見送ってから、ゆめはドアを閉めました。


「そうだぁ、ゆめ。さくらおばあちゃんからお手紙が届いているよ」

「読むっ」

ワクワクする心をぐっとこらえて、着替えをすませたゆめは、トコトコと危なっかしい足取りでかけてきました。

「今日は幼稚園で何をしたの？」

ゆめは、手紙の方に気をとられているのか、こころお母さんの言葉はまったく聞こえていないようです。

話しかけるときは近くに行って優しくだった、と思い出したこころお母さんは、やっと正座ができるようになってきたゆめの隣に腰を下ろしました。

体の動かし方がぎこちなかったゆめですが、筋弛緩訓練を続けていたので、色々な体勢をとることができるようになりつつあります。

ただ伸ばしているだけだった脚も、力の入れ方を覚えはじめているようです。

それは、脳が健康になってきたということでもあります。

「小岩先生は元気だった？　さくらおばあちゃんのお手紙は、何を書いてある？　読んだら、お母さんにもお話してね」

こころお母さんは、ゆめが自分から話しかけたくなるような雰囲気を作り出しました。

「あのねぇ、十希子おばあちゃんと、体操をしっかりやってね、体の健康なゆめが遊びに来てくれたら、おばあちゃんも元気になれそうです、って」

「そっかあ。じゃあ、元気にならなきゃね！」

ゆめは、張り切って「はーい」と言いました。

「ところで、ゆめはこれから何をしますか？　お母さんはゆめにプレゼントがあるんだよ。見たい？」

（なんだろう。見たいって言われたら、見たくなってきたぁ。見せないって言われたらイヤだなぁ）

ゆめは、森岡先生とのセラピーを必死に思い出しました。

そして感じたことを「口に出す」ということを使うときだと分かり、「見せて。プレゼント欲しいっ！」と声を振り絞りました。

すると、こころお母さんがニコニコの笑顔でこう言います。

「はいっ、どうぞ。ゆめが毎日頑張っているから、買ってきたの。ちゃんと、お兄ちゃんの分もあるから、独り占めしていいのよ。それは、ゆめの分だからねぇ」

ゆめは、自分の気持ちが言い表せたので、すっきりした顔をしています。

おまけに、袋を開けてみると、小さいクッションがふたつ！

「どっちも？」

「そう。ふたつともゆめのだよ！　タグに名前を書いておこうね」

ゆめは、歯が見えるくらい、大きくにっこりしました。

それは、以前のように微笑みしかできなかったゆめとは違い、立派に感情が育っている表情でした。


どうやら、若草色の星型を握っていると、手の平に返ってくる刺激のおかげで、ストレスが解消されるようです。

ゆめが低ウレタンクッションでごきげんな夕暮れ時を過ごしている頃、のぞむお兄ちゃんの通うみはらし小学校では、グラウンドで野球クラブの練習がやっと終わりました。

「暑いぃぃぃ」

練習用のシャツの胸元をパタパタさせて、のぞむお兄ちゃんは友達と一緒に道具をしまっています。

「この間の試合、のぞむのジイちゃんが応援に来てくれたから勝てた気がした」

「ぐひひひ。僕のおじいちゃん、校長先生みたいだし、僕も気合い入ってヒット打てたと思うんだー」

「でも、お弁当のとき、優しかったから、そっちの方が驚いた」

「僕も思った！　みんなが怖くないじゃんって言ってるの聞こえたし」

倉庫では、着替えをしながら、クラブの仲間が先月の対抗試合の思い出話で盛り上がっています。

「ああ、のぞむのおじいちゃんの話かぁ！」

五年生のパディーくんが帰り支度を整えて、のぞむお兄ちゃんたちの話題に便乗してきました。

パディーことパトリック・志郎・マッキンリーくんは、のぞむお兄ちゃんの憧れの先輩で、大親友でもあります。

「うちのお母さんより強烈だったから！　俺も最初に見たときは、絶対勝たないと怒られるかもしれないって思った。いつもと違う緊張感があったからさっ」

パディーくんのお母さんの真幸さんは、野球クラブの気合いと根性の象徴になるような、元気であっけらかんとした性格です。

こころお母さんとも以心伝心の仲良しコンビ。

だんなさんのシェーンさんは、アメリカ人で、日本の会社で働いています。

その日の試合は、いつもより外野の応援が多く、両チームとも盛り上がっていました。

大きな音がとても苦手なゆめが見学に来ていたら、低ウレタンクッションの効果がなくなるほど握らなければいけなくなったことでしょう。

パワフルな真幸さんの応援が効き目を上げ、そこに学おじいちゃんの、土俵際で見守る審判のような鋭い眼差しが加わったことによって、クラブのみんなは、さらに一致団結できたのです。


帰り道、のぞむお兄ちゃんとパディーくんと神田ミナミくんは、ゆめのことを話しながらそれぞれの家を目指して歩いていました。

「お母さんから聞いた。障害とか、治療とか、全然分からないことだらけだけど、これまでと同じようにゆめちゃんと遊んであげることが大切ってことだろ？」

ユニフォームを入れた袋を、軽く足で蹴って、パディーくんが言いました。

「うん。パディーのお母さんもお父さんも、これまでどうりに接してくれたらうれしいって、お母さんが言ってた」

六年生のミナミくんは、「現代社会の教科書で、公害病や障害者の人のことを勉強したけど、ゆめちゃんみたいな障害は、載ってなかった」と、残念そうに言います。

ミナミくんも野球部の先輩です。

野球で鍛えた体つきといい、勉強熱心な性格といい、とても頼もしい男の子でした。

背の高いミナミくんのランドセルは、六年間使って、もうボロボロです。

「載っていないけど、家族でゆめを助けていくって決めたんだ。来年は四年だし」

「のぞむって、えらいなー。感心超える！」

パディーくんの一言に続いて、ミナミくんも、はしゃいで言いました。

「俺の妹がのぞむと同学年じゃん。ゆめちゃんが入学したら、集団登校グループに入るんだろ？なみ子って、ゆめちゃんが入学するのを楽しみにしているんだぜ」と。

「それ、お母さんに言ったら元気出すって思う！　サンキューっ！」

ゆめとこころお母さんの待つ家の明かりが見えてきました。

「明日の朝練でっ！　お疲れさんでした！」

先輩ふたりに勇気を分けてもらったのぞむお兄ちゃんは、「おーっす」と野球部で使っているいつもの挨拶をし、猛ダッシュで階段をかけ上がっていきました。


しゅぽしゅぽっと温かい蒸気の効果もあって、お台所は暖房要らずです。

ゆめは両手でクッションをムギュムギュさせながら、ピンク色の毛布にくるまって、〝ペン次郎☆カバの助〟を真剣に観ています。

「お母さん、僕のベッドの枕元にあったけど、これ何？　くれるの？」

「そう。ゆめとおそろいよ。一緒に遊んであげてね」

「うん。ところで、今日、白身のムニエル？　すぐ分かっちゃった」

のぞむお兄ちゃんは、鼻をヒクヒクさせました。

「当たりだよ。特売で新しいのを買ってきたから、今日のお夕飯は期待してていいわよ」

のぞむお兄ちゃんは袋を開けました。

一瞬がっかりしてはみたものの、手にとってみると期待以上に握り心地のよかった紺色のハート型のクッションにでこピンをして、ゆめの隣に座りました。

「ペンカバ、面白いか？」

「うん！　今日は、ペン次郎が初めてカバの助のために自分を犠牲にしたのっ」

「はぁ？　犠牲って？」

「えっと、本当は隣の町のワニ左衛門と釣りに行く約束をしていたんだ。でもカバの助が風邪をひいたから、約束を断ったの」

ゆめは説明をしようと一生懸命です。

「だから、犠牲にしたってこと！」

のぞむお兄ちゃんは、「犠牲って言うんじゃないよぉ。そんなときは、そうだなぁ……、予定をキャンセルしたって言うといいよ」と答えました。

それを聞いていたこころお母さんは、「そうね。のぞむお兄ちゃんが言ったように、キャンセルって使おうね」と微笑みます。

「ほらな？」

「うん！　お兄ちゃんってすごーい」

テレビの中では、元気になったカバの助が、ペン次郎とワニ左衛門を釣りに誘って、仲良くピクニック。

「このクッション、面白いな。ゆめ、ほーら！」

のぞむお兄ちゃんは、キャッチボールをするように、ゆめにクッションを投げました。

ぽこっと肩に当たった紺色のハート型のそれをのぞむお兄ちゃんに投げ返すと、ゆめは大笑い。

楽しそうに遊ぶ子どもを見ていたこころお母さんの心は、久しぶりに雲ひとつない空のような清々しさで満たされていました。


その日の食卓にはご馳走が並びました。

「今日はお母さんも張り切って作ったんだから、あんまり残さないでね」

のぞむお兄ちゃんは、残すなんて考えられないほど、ものすごいスピードで次々と食べていきます。

「じゃじーん。みんなの好きなポン酢！　新しいやつを買ってきました！」

仕事でクタクタのヤスシお父さんも、食べ盛りののぞむお兄ちゃんも、この新しいポン酢の登場で、ますます食欲がかきたてられます。

「ゆめもポン酢だったら、たくさん食べられるもんねぇ」

こころお母さんがゆめの器にポン酢を注ぎました。

いつもなら、これだけでおかずを食べることができます。

しかし、今日のゆめは、ポン酢が注がれるなり、とてもこわばった表情になったのです。

「これ、嫌いだった？　ゆめ、ご飯食べないと元気になれないよぉ？」

ゆめは確かめるようにポン酢のにおいをかぎました。

それから、恐る恐るペロッとなめて、「前のが好き。これ、ツバサ印のポン酢じゃないもん」と、しかめっ面をしました。

「な…なぬっ⁉」

こころお母さんはあわててラベルを見ました。

確かに、ツバサ印ではなく、柚子屋マークが印刷してあります。

「怖くないから食べてごらん。ほーら、お父さんは、ツバサ印も柚子屋マークも、どっちでも好きだな」

ゆめが安心できるように、ヤスシお父さんはポン酢にお野菜やお肉を浸して、食べてみせました。

「ゆめはいつもと違うメーカーだから食べられなかったの？」

こころお母さんが尋ねました。

「うん。いつもと違うから怖かったの。でも、お父さんもおいしいって言うから、わたしも食べる」

ゆめにとって、これまでのポン酢と違う味を食べるのは、とても勇気がいることなのです。

それから、感想を言葉にできたことは、もっと頑張った証なのです！

ちょっとした味の違いが分かってしまうことも、ゆめが偏食をする理由のひとつ。

だからこそ、怖くなってしまうのです。

もぐもぐ。

ゆめはヤスシお父さんの真似をして、お野菜を食べています。

「平気だぁ。ツバサ印じゃなくても、おいしい」

ふいに、「あ、いいこと思いついたっっ！」とのぞむお兄ちゃんが言いました。

ご飯の途中ということも忘れて、盗塁をするときのように自分の部屋へ走って行ったかと思うと、算数の勉強キットの付録だったスタンプを持って戻ってきました。

「ゆめが自分で怖いとか嫌いとか言えたら、スタンプを押すってアイディアはどうかな？」

「お前、いいこと言うなぁ。確かにスタンプを押していたら、手首が鍛えられて骨がたくましくなるかもしれない。ゆめ、手首も弱いもんな」

こころお母さんは、「のぞむ、今日はデザートもあるからね。早速、スタンプポイント使うからね」と、笑い顔でVサインを作りました。

ゆめは、シールならシールだけ、スタンプならスタンプだけ、という具合に、一種類のものでまとめたがります。

途中から違うものが入ってくると、別のものに変わってしまったと捕らえてしまう脳の特性があるので、こころお母さんは、『よくできましたシール手帳』の裏表紙の方から使っていこうと考えました。

混じることが苦手なゆめ。

でも、このような方法なら、納得がいくし、混乱せずにすむのです。


翌日は見事な青空でした。

冬は、来るのが待ちきれないように、冷たい風をひゅるると吹かせています。

「聞いたわ、パディーから」

「うちも、昨日のぞむから聞いた」

こころお母さんは、大親友でもある真幸さんと、喫茶店で温かい紅茶を飲みながら、久しぶりに羽を伸ばしています。

「私は、パディーがそんなこと言えるようになっていたなんて、すごくうれしかったわ。保護者としての意識が高まったし、やる気をもらったたって感じよ」

真幸さんの笑顔とは対照的に、こころお母さんはへとへと顔で言いました。

「パディーくんは五年生で、前からしっかりしているなって感心していたの。だけど、今回はのぞむに、元気を与えられちゃった。私、確かに弱気になってるときがあるみたい……」

こころお母さんはレモンティーが大好きですが、今日はいつもよりすっぱく感じました。

「だけど、ゆめちゃんにアスペルガー症候群の障害があろうとなかろうと、導いていくのは周りの環境じゃない？　こころの家族や親戚の人も素晴らしいって思う。それから私たち友達も、ゆめちゃんをサポートするのが当然だって思うわ。懇談会はプレッシャーだと思うけど、私はこころの味方よ！　いやな思いをしたら、すぐに相談して」

真幸さんの華やかなピンクのセーターが、優しく、こころお母さんのくたびれていた気持ちを癒します。

「あぁ……。ゆめがいつも毛布にくるまって幸せそうな顔をするのは、満たされているって感覚なのかもしれない。きっとそうよ。これからは、人との関係でも、ああいう顔ができるようにしてあげたい。私、絶対めげない！」

「わぁー、いつものこころの笑顔、復活ねぇ！　そしたら、今日はランチをおごらせて」

こころお母さんが無理して笑顔を作ろうとしていることを、真幸さんは感じ取っていたのです。

そして、お茶に誘ってよかったと、心底思いました。


いよいよ勤労感謝の日がやってきました。

ももいろ幼稚園では、日ごろの感謝を表して、合唱会が行われ、グラウンドには園児が作った作品の「お店」が軒を連ねています。

幼稚園での成長ぶりを保護者に披露するのです。

この日のために先生方が作ったおもちゃのお金を使って、まるで本物の店員のような「いらっしゃいませ」や、「おすすめです」というはしゃいだ声が飛び交っています。

そんな、明るくじゃれあっているかけ声が、付近の住民をもひきつけています。

ももいろ幼稚園に通っている子どもがいない近所の人たちも、ぞくぞくと遊びに来るのです。

年長のキリン組は、先生たちが作った食べ物や、温かいポタージュスープを売っていて、寒さもうんと深まってきたためか、売り切れが続出のようです。

「ゆ・めっ！」

のぞむお兄ちゃんが、野球クラブの友達と一緒に、露店にやってきました。

「えへへ。わたし、お団子売り係なの。パディーくん、買ってください！　お兄ちゃんと、ミナミくんとなみ子ちゃんも」

四人は、一本ずつ買ってくれました。

「ゆめちゃん、よかったねぇ。でも、うちのお兄ちゃんたちがいたら、ここの食べ物が全部なくなっちゃいそうだね」

なみ子ちゃんが言うと、キリン組の売り場の園児たちが、大声で笑いました。

それは、カレーパーティーのときに、ほとんど平らげたのが、仲良し野球クラブのお兄ちゃんたちだったからです。

その一言に、ミナミくんは苦笑い。

「言うなぁ、なみ子。今日は途中から野球クラブの作戦会議があるから、すぐ帰るんだよ。気分盛り下がっちまったじゃん」と言いました。

「でも、本当じゃーんっ」

なみ子ちゃんは、お兄ちゃんと残りの二人にジロっと視線を向けました。

ミナミくんの妹のなみ子ちゃんは、九歳。

のぞむお兄ちゃんと同級生の女の子です。

好奇心が強く、メガネをかけた面長の顔は、たまにお兄ちゃんのミナミくんより大人びて見えるときがあります。

「……。あのカレーはおいしすぎて止まらなかったんだよっ。今日は食べつくさないよっ」

「ゆめ、お兄ちゃんたち、もう帰るな。作戦会議に遅刻すると、コーチが怒るから」

のぞむお兄ちゃんが手を振って、ミナミくんやパディーくんと去っていきます。

「あははははは。寒くなって遅刻するメンバーが多くなったから、チームが弱くなってるんだって。えっと、今日は最後まで頑張ってね、ゆめちゃん」

そう言って、なみ子ちゃんはゾウ組が出している、手作り文具のお店に歩いていきました。

四人が今までと変わらない態度で接してくれているのを遠目で見守っていたこころお母さんは、絶対にゆめを守ってみせると祈りをこめて、ポケットの中でギュッとコブシを握りしめました。

女子の園児たちは、なみ子ちゃんと一緒に遊びたがっています。

しっかりしたように見えても、やはりまだ三年生なので、「こんなにたくさん、一度には遊べないよう」と、近くにいた純ちゃんのお母さんに助けを求めていました。


楽しい時間が終わり、それぞれの教室で懇談会が行われました。

リス組とゾウ組は早く終わったのですが、キリン組では特別に長い懇談会がまだ続いています。

「それで、高井戸ゆめちゃんには、アスペルガー症候群という自閉の障害があります。どうか皆さんに協力していただきたいと思っています」

小岩先生は緊張した面持ちで、初めての懇談会をなんとか混乱なく進めています。

「協力って言ったって、何をしていいか分からないし、高井戸さんのお子さんだけ特別扱いしている気がしますけど」

慶都ちゃんのお母さんの洋子さんが、苦々しく言います。

そうすると、他のお母さんの間にも、ザワザワと落ち着かない空気が漂ってきました。

「私は特別扱いだとは思いません」

まり子ちゃんのお母さんのレイさんが率直に言いました。

まり子ちゃんは病院で、ＡＤＨＤと診断を受け、今まさに、治療をしているところなのです。

打ち明けられる仲間がいると分かったので、レイさんは思い切って言うことができました。

「うちの子は、ゆめちゃんと遊ぶのは好きって言ってます。とっても楽しい発見があるって」

佳嘉ちゃんのお母さんがレイさんの言葉に続くと、今度は洋子さんが身勝手すぎるのではないかという意見が飛び出してきました。

「どうして私がそんなことを言われなくちゃいけないんですか？　ねぇ、小向さん」

突然、話題を持ってこられた可奈ちゃんのお母さんは、何も言えませんでした。

可奈ちゃんのお母さんの美代さんは、自分の言いたいことを言葉にするのが苦手で、洋子さんに押し付けられたことに同意することしかできません。

リス組のときにいやな思いをさせられたにもかかわらず、いまだに洋子さんに言いくるめられてしまうのです。

「とにかく、協力とかいきなり言い出されるから、皆さん困るんですよ！　それより、懇談会はいつ終わるんですか？　外でお友達が待っていますので……」

このままでは、懇談会が終わってしまう。

こころお母さんは、いたたまれない気持ちになって、椅子から立ち上がりました。

「あきらめません。子どもたちのことを考えたら、仲良くするっていうことは絶対にいいことだと信じています。ケンカをするために小岩先生にお願いしたわけじゃありません。ゆめは障害を持っていようといまいと、私たち家族にとっては大切な娘です。皆さんがご自分のお子さんを大事にしていらっしゃるのと同じなんです」

こころお母さんの必死の訴えに、小岩先生も含め、キリン組の教室は静まり返りました。

ひとりのお母さんが手をあげて言いました。

「本当に基本的な質問で悪いんですけど、自閉症って治るんですか？」

こころお母さんは、「脳の障害なので、治ることはないです。でも、教えるとできるようになります」と、説明をしました。

そして、成長を促してあげることで、日常生活に幅を持たせることができることや、母親としてもはじめは受け入れられなかったことも打ち明けました。

保護者たちはどよめきました。

「どうやって……。あの、認めたって言うか、乗り越えたんですか？」

別のお母さんがそう尋ねました。

こころお母さんの表情が、一瞬こわばりました。

「すべて乗り越えているわけではないんです。問題にぶつかるごとに、ひとつひとつ教えて、できるようになるっていう感じです」

その言葉を聞いて、今度は「どうやって教えたらいいの？」とか、「でも、よそのお子さんのことだし」とか、答えはちりぢりになり始めました。

「皆さん、いったんお静かにお願いします！」

保護者代表のお父さんが、そう言ってくれたおかげで、会場は冷静さを取り戻しました。

「こういう言い方をすると、高井戸さんには申し訳ないが、うまく理解できないところがあります。でも、無関心という状態にはしたくないです」

そのお父さんの言葉を聞いて、「確かにそうですね」と、お母さんたちが言い始めました。

障害を知ってあげるだけなら、簡単です。

ゆめや、こころお母さんが困っているときに、声をかけてあげることができるのです。

それに、もし自分の子どもが障害を持っていたら、と考えると、真っ先に手を貸してほしいと思ってしまいます。

集まった他のお父さんお母さんたちも、胸にこみ上げてくるもどかしさを感じていました。

洋子さんは、そっぽを向いたまま。

小岩先生は、「お願いです。私は赴任したばかりで、まったく新人同様ですが、赤坂先生から譲りうけたキリン組を、もっと素晴らしいクラスにして卒園を目指したいんです。そのために、まず自閉症について知っていただきたいと思います。今日は懇談会に参加していただいて、皆さんありがとうございました!!」と言いました。

子どもたちが大好きな小岩先生。

三月の卒園式は、遠いようにみえます。

でも、やってくる季節を光でいっぱいにするには、一人ひとりの理解と思いやりが欠かせないのです。

懇談会をやり遂げた小岩先生は、キリン組の園児たちが健やか成長できるようなクラスを作りたいと、強く思いました。

こころお母さんは、懇談会が終わるまで泣くな、と自分に言い聞かせていました。

「それで、どうなったんですか⁉」

十二月の頭。

久しぶりの東陽病院のセラピー室で、森岡先生は興奮して声を上げました。

「現状は変わらずというところです。文句を言うわけではないですけど、慶都ちゃんのお母さん、潮田さんたちのグループって好きになれません。すごく見栄っ張りに見えてしまって、明らかに親同士で仲が悪いのってあるんです」

こころお母さんは、がっかりといった口調です。

ももいろ幼稚園には慶都ちゃんのお母さんの潮田洋子さんを筆頭にした、母親同士の仲良しグループがあります。

リス組の浮島わかなちゃんのお母さんの奈々美さん。

それから、ゾウ組の北塚人くんのお母さんの遥さんと、可奈ちゃんのお母さんの美代さんの四人です。

しかし、他の保護者には、みんなが洋子さんのワガママに振り回されているように見えるのです。

「やっぱり、どこの幼稚園も似たようなものですね。私は独身だから、そういう心配って、ありがたいことにしなくていいんですけど。セラピーに来られる親御さんも、子どもの問題って言うより、どちらかというと高井戸さんのような悩みを抱えていらっしゃる方が多いみたいです」

こころお母さんは、深くため息をつきました。

「初めから何もかもうまくはいきませんね。弱音を吐いちゃった」

苦笑いをして、視線をそらせたこころお母さんに、森岡先生が言いました。

「弱音を吐けるって、新しいものが見つかってきた証拠ですよ！　この話を大宮先生にしたら、腰抜かすんじゃないかなぁ。大きな進歩だもの。それに、お兄ちゃんのアイディアもすこぶる冴えていると思います」

森岡先生の言葉で、こころお母さんは胸のつかえが取れました。

確かに、ゆめは健康になってきています。

つつじおばさんや、十希子おばあちゃんが筋弛緩体操を手助けしてくれるのです。

ひとしきり体操を終えて、額に汗をかいたゆめが、テーブルに寄ってきて言いました。

「わたしもすこぶるっ！」

今日はゆめの誕生日です。

十時くらいには、「うちのお庭はゆめちゃんの花壇ができたねぇ。もなかも待っているから、いつでも遊びにおいで」と十希子おばあちゃんが電話をかけてくれました。

「日曜日でよかったねぇ。家族揃ってお祝いしようね」

こころお母さんは、初めてケーキ作りをしてみました。

オーブンから甘い香りが漂ってくるので、ヤスシお父さんものぞむお兄ちゃんも、待ちきれない様子で日向ぼっこをしています。

ゆめはこころお母さんの後ろをついて回って、自分もお菓子を作っているような気分を味わっていました。

「ケーキ作りごっこ！」

六歳になったばかりのゆめは、楽しくて仕方がないようです。

病院に通うようになって、見違えるように健康になったゆめは、朝のテレビ番組〝きらきらスタジオ〟でやっているダンスをしたり、のぞむお兄ちゃんが音楽の授業で習ってきた歌を一緒に口ずさんだりして過ごしています。

けれども、今日は胸が痛くなる出来事も待ち構えているのです。


テーブルの上に一通りパーティーの準備が整ったとき、電話の音がリビングに響き渡りました。

「もしもし」

ヤスシお父さんが出ます。

「えっっ⁉　お袋がっっ⁉！」

急に顔色が変わったヤスシお父さんを見て、こころお母さんものぞむお兄ちゃんも、血の気がすっかり引いてしまいます。

「すぐそちらに行きます」

電話はさくらおばあちゃんが入院している病院からのものでした。

突然寒くなったので、心臓の弱いさくらおばあちゃんの体がひどく弱ってしまったのです。

「おばあちゃん、死んじゃうの!?」

のぞむお兄ちゃんは青ざめた顔で、ヤスシお父さんの顔を見上げました。

「お母さん、死ぬってどういうこと?」

ゆめがそう訊くので、ヤスシお父さんもこころお母さんも、どう説明してよいのか分からずに、立ち尽くしてしまいます。

「と…とにかく来てくれって言われたから、病院に行こう。ゆめ、今から病院に行くからな。お洋服はそのままでいいから、お母さんに酔い止めをもらっておいで」

ヤスシお父さんはそう言うだけで精一杯でした。

朝の希望は突然暗闇にさらされ、すべてが粉々になってしまいました。

ゆめは、「さくらおばあちゃんのお手紙が一番好き」と言いたいと、一生懸命、ひたすら胸の中で祈りました。


さくらおばあちゃんが入院しているしろのみな病院に着くなり、ゆめは自分でドアを開け、さくらおばあちゃんの病室まで、階段をかけ上っていきました。

その速度はまるで特急電車のようで、こころお母さんも追いつけません。

ゆめは泣きながら走り続けてでも、早く病室にたどり着きたかったのです。

少し丸くお肉がついてきた手で、ごしごしと顔をこすります。

やがて、三階の病室が見えてきました。


疲れてよろよろになったゆめは、角を曲がってすぐ、ぼふっと看護婦さんのお腹に衝突しました。

「わぁ、びっくりした！　あら、ゆめちゃん！！」

その看護婦さんは、さくらおばあちゃんの病室担当の看護婦さんでした。

涙でグシャグシャになったゆめの顔を見て、看護婦さんは言いました。

「おばあちゃんは、もう大丈夫よ。今日はたくさんお話できないけど、ゆめちゃんの顔を見たら、ホッとするんじゃないかしら」

「ゆめっ！　あっ、看護婦さんっっ。あの、母の具合は……」

ヤスシお父さんは、看護婦さんの表情を見て、大きく安堵のため息をつきました。

ここまでたった一人で走ってきたゆめの背中は、汗だくになっています。

その寒気と、かけてきたために熱っぽい体の温度差で、フルフルと小刻みに震えています。

のぞむお兄ちゃんは、「おばあちゃん、また元気になるよっ。看護婦さんが少しだけ話していいってさ。行こう」と言い、ゆめに手を差し出しました。

さくらおばあちゃんはベッドの上で息苦しそうにしています。

「おばあちゃぁん」

ゆめはパタパタとベッドの側に近づきました。

「ごめんねぇ。心配かけちゃったねぇ。今日はゆめちゃんのお誕生日だったから、早起きをして手紙を書いていたの」

「わたし、おばあちゃんのお手紙、いっぱい、いーっぱい好きって言いたかったの。死んじゃうのってお兄ちゃんが言っていたし。おばあちゃん、死ぬってどういうことなの？」

さくらおばあちゃんは、優しくゆめの頭をなでて、言いました。

「死んだらね、もう触れなくなるのよ。こうやって頭をなでたり、抱っこもおんぶもできなくなってしまうってことだと思うわ」

「じゃあ、悲しくてさびしいってことだ……」

ゆめはしょ気てしまい、また涙があふれそうになっています。

その涙がこぼれる前に、さくらおばあちゃんが「ゆめちゃんがすくすく育ってくれたら、おばあちゃん、もっと長生きできるわ」とささやきました。

ボロボロになったゆめの心や、チクチク痛む涙のあと。

おばあちゃんの声は、まるで聴きなれたオルゴールの音のようです。

ゆめは、いいことを思いつきました。

この間、こころお母さんからもらったプレゼントのように、とびきりの花丸つきの願い事です。

「じゃあ、わたしは今年のお誕生日とクリスマスのお願いは、すくすく育たせてくださいにするっ」

さくらおばあちゃんはにっこりと微笑みました。

その笑顔を見て、ゆめの顔にも血色が戻りました。

ヤスシお父さんもこころお母さんも、ゆめの手を引っ張ってきてくれたのぞむお兄ちゃんも、それしかないと思いました。

ゆめが、すくすく元気に育つこと。

それこそが、家族の希望です。

こうして、ゆめは放って飛び出してきた誕生日パーティーの待つ家に、クリスマスツリーの一番上に輝いている金色の星のような願いを持って帰ったのでした。

11 みんな仲良くしたいのに

ももいろ幼稚園の保護者は、ほとんどの人が良心的です。

でも、なかには園長先生も頭を抱えなければいけないような人たちもいるのが現状です。

送迎バスの運転手の戸塚さんがいつも咳払いをするのには原因があるのです。

それは、園児の親が無理な注文を言うことであったり、わがまま言い放題の子どもたちがバスの中で暴れたりするからでした。

だから、吉祥寺先生も、戸塚さんが少しでも不快な思いをしないように、シャキシャキと声を出して注意をしていたというわけです。

幼稚園には男の先生がいません。

でも、事務の久我山さんは、昔、保育士を目指していただけあって、園児の扱い方も上手です！

だから、男の子たちは休み時間になると、久我山さんを呼びに行き、グラウンドでサッカーをします。

「久我山さんって元気な方なんですねぇ」

小岩先生は、自分も若いのだから、体を使って遊べるゲームをキリン組のみんなにさせてあげたいと考えているのです。

そういうわけで、感心して久我山さん流の子どもの遊ばせ方を見て学んでいます。

「久我山さんの息子さんも、将来は保育士を目指していらっしゃるそうですよ。赤坂先生も、だいぶ久我山さんに知恵を借りてキリン組をつなげてきたし」

「はあぁ、そうだったんですか！」

境木先生と一緒に、ストーブに当たりながら強めのコーヒーを飲んでいる小岩先生は、そんな大きな声を上げました。

その境木先生が受け持っているリス組には、浮島わかなちゃんという女の子がいます。

「わかなちゃんは、実際にいい子なんです。ただ、お母さんの奈々美さんが、…そのぉ、潮田さんとグループを組んでいるものだから」

今日はあえてブラックにした境木先生の顔に、疲れの色がにじみ出ています。

「ふうっ。この間の懇談会のお話、聞きました。吉祥寺先生のところは琢人くんのお母さんがいらっしゃるから、抗議がすごかったみたいです」

やっぱりふだんどおりにしようと思い、境木先生は砂糖とミルクを取りに行きました。

「本当に親同士のせいで仲良くできない子どもたちっているんですね……」

小岩先生は、グラウンドの子どもたちを、ひたむきに見つめています。

「現実って厳しいですね。私達ももっと勇気を出していればよかったと思っちゃいます。だけど、小岩先生と、もちろん、ゆめちゃんのお母さんが問題提起してくださったし、現状を少しでも変えていくことで、よりよい未来を作ってあげたいと感じました。キリン組の話を聞いて、じわーっときたんですよ！」

子どものために、あんなにも無我夢中になれる親の姿に共感してくれた保護者の方は、たくさんいたのです。

あまり会話をしていなかった家族や、母親にばかり育児を押し付けていたお父さん。

家庭があることを当たり前のようにとらえていた人々は、もし、自分の子どもが困難に出会ったとき、何をしてあげられるか、考えるようになったのです。

「そう言ってもらえたら、がぜん、やる気がでてきました！」

境木先生と違って、いつもブラックコーヒーの小岩先生は、ミルクを入れてみました。

ゆとりを持ちつつ前に進むということを目標とする印みたいなものです。

螺旋《らせん》を描いてコーヒーの中に混じっていくミルクを見ていると、小岩先生のやる気がふくらみます。

そして、みんな平等に大切な子どもたちであるという温かい気持ちを、湯気のように穏やかに上がらせていきました。

「今日の午後は、クリスマス会の飾りを作りまーす！」

ももいろ幼稚園では、すぐ近くまで迫ったクリスマス会に向けて、全部のクラスが飾り作りに夢中です。

慶都ちゃんと可奈ちゃんは、懇談会のあともまったく変わらず、同じ班で工作をしています。

本当は可奈ちゃんは、変わりたいのに、変われなかったのです。

この頃、心臓のドクドクがひどくなってきていました。

「わかなちゃんって、スイカを作ったんだって。笑えるっ！　七夕と勘違いしてるんじゃないってママが言ってたっ！」

「そう…かもね」

「分からないよぉ！　サンタさんもスイカを好きかもしれないよ」

隣のテーブルで紙芝居用の絵を描いていたまり子ちゃんが口を挟むと、可奈ちゃんがホッとした表情を浮かべました。

しかし、可奈ちゃんとは裏腹に、慶都ちゃんがすごい形相でまり子ちゃんをにらみました。

その、まり子ちゃんと同じテーブルで紙芝居の文章を考えていた祐一郎くんが、「小岩先生っ、出動してくださいっっ」と、真っ直ぐに手を上げます。

祐一郎くんは、お洋服をどろんこにすることが、最近減ってきました。

だから、お母さんに怒られなくなってきました。

昨夜は、将来何になりたいかということをお父さんと話していて、消防隊に決めたばかり。

そういうわけで、隊員になったつもりで、ああ言ってみたのです。

「はーい。どうしたのかなぁ？」

小岩先生はうろたえることなく、机と机の間をスタスタ過ぎていきます。

「あのね、まり子ちゃんが、サンタさんもスイカが好きかもって言ったら、潮田さんがにらんだの」

可奈ちゃんの隣に座っている蛍子ちゃんが、ためらいながら言いました。

絶交されたままの蛍子ちゃんは、慶都ちゃんから一度も謝ってもらえていません。

「そう！　潮田、母ちゃんにそっくりだった」

今度は別の班の男の子、輝一くんが、自分も見ていたぞと言いたげに、甲高い声を上げました。

教室がザワザワと騒々しくなり、クリスマス会の進行と演目の担当班のゆめや、純ちゃんやセイちゃんたちは、どうしたのだろうと心配そうに振り返ります。

「僕たちが聞いてくる」

宗佑くんと祐一郎くんがすたこらと走っていきました。

窓ガラスに飾りを貼っていた佳嘉ちゃんは、ゆめを心配してテーブルに来てくれました。

「ゆめちゃん、大丈夫?」

「ちょっと怖い。だって、大きな声だったんだもん。佳嘉ちゃんは?」

「わたしも、びっくりしちゃったっ！　宗佑くんと祐一郎くんは、ゆっくり話してくれるから、この班でよかったねぇ」

六島宗佑くんは、男子級長です。

笑うと両えくぼができるふっくらした顔の宗佑くんは、歌とジャングルジム登りが上手な男の子です。

家が本屋さんで、お父さんとお母さんのお手伝いをしている間に、すくすくと育ちました。

女子の級長は佳嘉ちゃんです。

純ちゃんは、お腹が痛くなったゆめの背中を、さすってあげました。

「大丈夫?　珠樹先生を呼んでこようか?」と、セイちゃんが、心配そうに言います。

佳嘉ちゃんが手を握ってくれているおかげで、ゆめはなんとかパニックにならずにすみました。

「はぁ、まだ心臓がドクドクしてる。輝一くんの声って高いもんねぇ」とつぶやく佳嘉ちゃんも、まだ目をぱちくりさせています。

　小岩先生は、きつくではありませんが、「まり子ちゃんに、ごめんねを言いましょう」と教え諭すように言いました。

　でも、慶都ちゃんは先生の言葉を無視して、教室を出て行ってしまいました。

　可奈ちゃんは、追いかけるかどうか迷っています。

「みんな、工作を続けていてくださーい。先生は慶都ちゃんを探してきますからねー」

　さっき、甲高い声を上げた男子は、自分のせいで大事になったかのような気がしていました。

　小岩先生はそういうところを見逃さず、「ごめんなさいって言えなかったから、そこだけ注意するけど、ひどく怒ったりしませんよー」と太陽も負けそうな笑みを浮かべます。

　とたんに、キリン組の教室が華やぎました。

　小岩先生は、みんながワイワイと盛り上がりを取り戻しつつある教室を出ました。

　そして、ももいろ幼稚園全体で、保護者懇談会を開かせてもらえるように、園長先生にお願いしてみようと思っていました。


　勤労感謝の日以来、こころお母さんの周りには、家族だけではなく、新しい仲間がぐんと増えました。

「まり子のＡＤＨＤのこと、なんだか恥ずかしくて言い出せなかった自分に反省しました」

今日は純ちゃんのお母さんの佐知子さんが、お茶パーティーを開いています。子どもたちを慈しんで育てられるよう、気分を盛り上げようというわけです。第一回目の今回は、こころお母さん、真幸お母さん、茅野さんと中野さんに、大和さんとまり子ちゃんのお母さんのレイさんが集まりました。

こころお母さんはポットから急須に、じょぼーっとお湯を継ぎ足します。

「園田さん、私もゆめのことでは相当悩みました。だけど、これからは心強いです」

「本当！　困ったときほど助け合わなくちゃって感じました」

何気なく手に取ったお茶の袋には、『自然の流れを止めないであげて』と書かれてあります。

こころお母さんは頬杖をつきながら、「いい言葉ぁ……。これ、私たちのスローガンにしたいと思いませんか？」と集まったみんなに言いました。

「しましょう！」

佳嘉ちゃんのお母さんが勢いよく言いました。

「それで、腹が減っては…ということで。さぁ、うちの主人の出張土産で、元気を取り戻しましょうっ！」

真幸さんがまるでサンタさんのように、白いはち切れそうな買い物バッグを高々と持ち上げました。

「それでね、人間関係って、実はさほど考えながらやってなかったんだなぁって思ったわけ」

こころお母さんが持ってきた練習本に、集まったお母さん方は興味シンシンです！

特に、オペラケーキをどうやって均等に切るかのエクササイズでは、へんてこな答えが続出しました。

「とりあえず、マッキンリー家はシェーンさんが折れるだろうねぇ」

中野セイちゃんのお母さんがズバッと言いました。

「あっはははは。当たっているだけに否定しないっ。でも、そういう状況になったことないから、考えたことなかったぁ。ちなみにこころの家ではどうするの？」

「おかしいよ、これ。家族でやったんだけど、ゆめに訊いたら、三人で食べたらって言うの。自分はオペラケーキより、切り売りのケーキの方が好きだからって！」

こころお母さん以外の六人のお母さんたちは、ゆめの答えに大爆笑しました。

「確かに！　そういう見方があるかも。全然気づかなかったぁ」

祐一郎くんのお母さんが笑いつくしたあと、感心して息も絶え絶えに言いました。

「ぎゃふんって言うしかないよ、その発想はぁ！」

温厚な佐知子お母さんも、お菓子を喉に詰まらせそうになるくらい笑ってしまいました。

「もぉう、次のお茶会が待ち遠しいです。そろそろ送迎バスの時間だし、今回はこれでお開きですね！」

真幸さんが慣れた手つきで分けてくれたお菓子を持って、それぞれのお母さんは家に帰りました。

12 スマイルマークに弓矢をはなて！

「ちょっと、雪が降ってる！　見てよヤスシ」

「どうりで寒いはずだ。俺、しもやけ気味だからな……」

「あっ、だから昨日から足の指をもんでいたの？」

十二月、最後の祝日のこの日。

今日は、みんなが待ちに待ったクリスマス会です！

ゆめがいるキリン組は、とっておきの出し物を準備しています。

この演目の練習のために、キリン組だけではなく、他のクラスの保護者も協力をしてくれました。

こころお母さんを支えてくれる真幸お母さんたちの仲間も、率先して発達障害への理解を呼びかけてくれたので、待ち遠しさもひとしおなのです。

「シェーンさんとも腹割って話せるようになってきて、もちろん家庭においての父親の役目とか

す。

セラピストの森岡先生が言うには、体温調節を自動的にできないことが、今後の課題だそうで

ゆめの体力は、確実に回復してきました。

「最後は冷え性の話だもんね……。ゆめも寒がりだから、気にかけておかなきゃ」

話題に上るけど」

つまり冬になると、ゆめの体は冷えていく一方なのです！

常々、平熱の低い子だと思っていたこころお母さんですが、大宮先生と森岡先生のおかげで、これからは病気にかかる前に対処ができます。

そのありがたい教えを参考にして、つい先週からゆめのベッドに湯たんぽを入れることにしました。

「つつじやお母さんと運動を始めて、信じられないくらいにたくましくなったもんね、目に見えて。春日先生も、好き嫌いを克服したのが効果大だって」

着替えを終えたこころお母さんは、しみじみと窓の外の雪を見つめています。

瞬《また》く間に過ぎていった夏と秋を、ようやく振り返って思い出す余裕が出てきたのも、純ちゃんのお母さんや、佳嘉ちゃんのお母さんが側にいてくれるからです。

ももいろ幼稚園では、今、同じ悩みを抱えている子どもを持つお母さんたちの中で、発達障害の知識がじんわりと広まっています。

「見守りかつ、育てる」という目標が、ももいろ幼稚園を包み始めました。

そして、何よりも、園児たちの純粋な気持ちが大人たちの心を支えているのです。


ゆめとこころお母さんは、一足先に、送迎バスで会場に向かうことになりました。

降っていた雪もやみ、運転手の戸塚さんはももいろ幼稚園を目指して、まっしぐらに運転しています。

乗っている園児たちとそれぞれの保護者は、ウキウキした気持ちを抑えきれないようです。

ゆめは、前に座っている吉祥寺先生が説明してくれる窓の外の風景を、じーっと見つめています。

クリスマスのイルミネーションが、雪に反射してキラキラ光るので、ゆめは体をすくめてしまいました。

家を飾っている光は、みんなには美しく輝いて見えます。

しかし、ゆめには怖く見えるものなのです。

おびえた顔をしたゆめを見つめ、「どうしたの？」と、こころお母さんが尋ねました。

「わたしのおめめが痛くなるのに、サンタさんや雪だるまさんは光ってるよ。怖いよぉ。ゆめが嫌いなのかなぁ？」

街路樹の明かりが光るたびに、ゆめは不安になるのです。

本の中では、幸せを運んできてくれるサンタさんなのに、見つめると目が痛くなってしまった。

だから、ゆめはじゅーっと縮こまってしまったのです。

吉祥寺先生は、「ゆめちゃん、ああやって飾ってあるのは、クリスマスをにぎやかにしたいからだと思うよ。お母さんに訊いてごらん？」と言いました。

ゆめは「ほんと？」と訊きました。

絵本の中のクリスマスが大好きなゆめ。

こころお母さんは、ゆめが怖がっているのは、サンタさんと雪だるまさんではなく、光なんだと気づきました。

「そうだよ。ゆめは、近くでキラキラ光ったら、目が痛くなるもんね。でも、それはサンタさんがゆめを嫌いってことじゃないの。地面がぬれているから、たくさん光っているだけだよ」

こころお母さんの説明を聞いて、ゆめはもう一度、窓の外を眺めました。

イルミネーションではなく、遠くの景色を見ていると、怖い気持ちがなくなりました。

ゆめの笑顔を見た吉祥寺先生は、今度は遠くの山々の話をしてくれました。

「高井戸さんは、お車でいらっしゃるのかって思ってました。だけど、バスに乗ってこられたから、内心よかった、って」

斜め側に座っている、リス組の星野さんがニコリと笑顔をさし向けました。

「普通の生活をさせるのが、この子にとっていいと気づいたんです。無理なときは、休ませますけど、だからって、特別扱いをするのも逆効果だから」

「うちは、卒園した子どもが二人いて、こちらの幼稚園にも長いことお世話になっているんです。でも、こんなにクリスマス会を待ち焦がれたのって初めてなんです」

「ほ……本当ですか？」

こころお母さんは、感激のあまり、胸が詰まってしまいました。

そのお母さんと、小さな女の子が、ゆめに手を振りました。

ゆめも、ニコニコ顔で手を振ります。

「今までのクリスマス会も、もちろん毎回楽しかったですけど、私も今年の会は、園児たちから心のあり方を教えられたように思います。でも、本番はこれからですよ！　うんと満喫していってください！」

吉祥寺先生は、木枯らしも吹き飛ばす、早春のような笑顔をバスの中にふりまきました。

ももいろ幼稚園は、すでにたくさんの参観者でごった返していました。

ふだん、仕事が忙しくてなかなか子どもに付き合ってあげられないお父さんたちの姿があります。

おじいちゃんやおばあちゃんに、「あれが僕の飾ったやつだよ」、「わたしの作品を見てっ」、とキラキラ輝いた声をあげる園児たちもいます。

こころお母さんは、キリン組の教室にゆめを送り届ける途中、こう言いました。

「ほら、お父さんとお兄ちゃんが来ているよ。お母さんもあそこにいるからね。ちゃんと見ているからね」

こころお母さんが指差した方向に、ヤスシお父さんとのぞむお兄ちゃんが立っています。

それを確認すると、ゆめはキリン組の教室の方へズンズンと歩きました。

「お歌が終わったら、またスタンプ押してもいい？」

ホールに行くこころお母さんに、ゆめが尋ねます。

こころお母さんは、ゆめにバッグの中をのぞかせて、「いいよ。ちゃんとインクとスタンプ持ってきているから。いつものゆめで頑張っておいで」と答えました。

安心したゆめは、純ちゃんたちが待っている教室の中に入っていきました。

『よくできましたシール手帳』の背表紙は、『伝えることができたらスタンプできる手帳』という名前が付けられました。

考え出したのぞむお兄ちゃんも、ゆめ独特の言葉づかいが分かってきたようです。

そして、こんな表現の方が伝わりやすい、ということを教えてあげています。

そうやって押せたスタンプも、今では四ページを超える勢いです。

遊びに来てくれたつつじおばさんや千穂ちゃんと、ラジオ体操をしたあとにひとつ。十希子おばあちゃんの家に遊びに行ったときは、花壇で土いじりをしたあとに押します。何より、ゆめが「こんなことをしたい」や、「この食べ物は苦手」など、思ったことを言えるようになってきました。

というわけで、どんどんスタンプの数が増えています。

近頃は、キリン組の園児たちも、ゆめの手帳を見ることを楽しみにしているのです。

「昨日、スタンプ押せた？」

「わあ、増えてるっ！」

ゆめの手帳を囲んで、大きな円ができました。

走りよってくる男の子にびっくりしてしまうこともあるのですが、そういうときは仲良しのお友達が助けてくれるようになりつつあります。

「手帳が見たいから走ってきたんだよ。びっくりさせようとしたんじゃないって思う」と純ちゃんが言いました。

「うん。お兄ちゃんも、時々、走ってくる」

ゆめは、「待ち遠しい気持ち」が、どんなものか分かるようになってきたのです。

のぞむお兄ちゃんが、野球クラブの練習に行くとき。

ゆめが学おじいちゃんと絵本を読む約束をしたとき。

早くその日が来ないかなと思うことを「待ち遠しい」と呼ぶと、ゆめは覚えたのです。

ゆめは分からないことを、誰かに訊くようになれました。

「ピカピカの光とか、大きな音がしたときのびっくりと、何か新しいものがあったときのびっくりとはどう違うのかなぁ？」

すると、佳嘉ちゃんが、「光と大きな音は、怖いものでしょ？　だから、怖いときのびっくりと、新しいもののびっくりとは違うんだと思う」と答えてくれました。

「うんうん！　わたしも、そう思う。だって、お化け屋敷に入ったときは怖いのでいっぱいだけど、それと違うことでびっくりしたりするもん」と、セイちゃんも言います。

ゆめは、またひとつ、新しい感情を知ることができました。

「びっくりの仕方って、たくさんあるんだぁ」と、ゆめが言いました。

側にいたまり子ちゃんは、「そうだよ！　ゆめちゃんが頑張ったって、珠樹先生に言ってくる！」と言って、小岩先生の方へかけていきました。

キリン組のみんなは、一番最後に、クラス全員で作った詩を朗読することになっています。

そろそろクリスマス会の開幕です！

小岩先生は「今日は、みんなのクリスマス会です！　スペシャルなものにしましょう！　先生も、たくさん写真を撮りますよ!!」と言い、行進の先頭に立つと、キリン組をつれてホールに向かいました。

野毛園長先生が、サンタクロースの格好をして、開会の挨拶をしました。

園長先生はふさふさの白髪頭なので、赤い衣装を着ただけで、本物のサンタクロースのようです。

まず最初の出し物は、リス組さんのダンスです。

ゆめも大好きな番組のひとつ、〝きらきらスタジオ〟のお遊戯《ゆうぎ》を披露する年少さんは、まだやんちゃな園児だらけ。

間違えたりするところが子どもらしく、それぞれの保護者は、ワイワイと盛り上がって、写真を撮ったりビデオカメラに収めたりしています。

「視覚」の過敏があることを連絡帳で知ったこころお母さんは、森岡先生や、大宮先生に相談しました。

発達障害の子どもたちには、そう見える。

こころお母さんは、ゆめの瞳にストレスを与えているものを知ることができたのです。

そこで、なんとか負担を少なくして楽しく鑑賞できるように、こころお母さんはアイディアを出しました。

シャッターの光が視界に飛び込んでこないように、両手で小さな丸を作って、双眼鏡を作るようにしたのです！

そうやってのぞけば、いいあんばいに視界が狭められます。

自由時間や、砂場の時間に、ゆめは「両手の双眼鏡」をやってみました。

小岩先生も試してみました。

すると、毎日のお仕事で疲れた目が、一休みできたのです。

普通に生活をしていたって、目はくたびれてしまうのに、と、こころお母さんはゆめがかわいそうで泣いたこともありました。

そのたびに、ヤスシお父さんが励ましてくれたのです。

パディーくんのお母さんの真幸さんとおしゃべりをして、のんびり過ごしたりもしました。

そんな時間の中で、せっかちになりすぎていた自分に気づいたこころお母さん。

すると、心の中にスペースができました。

今は、元気になってきたゆめを見ると、悲しい気持ちは知らない間にどこかに行ってしまうようになったのです。


ゆめの家族は、約束どおりにホールの奥の方に立っています。

ヤスシお父さんは、のぞむお兄ちゃんが舞台をよく見渡すことができるように、久しぶりに肩車をしてあげました。

「ちゃんと、ここで見ているって約束したから、混乱しないはず。ゆめが出てきたら、しっかり手を振ってあげてね、のぞむ」

こころお母さんは、ヤスシお父さんの隣で大きな笑顔をみせました。

緞帳《どんちょう》の裏では、キリン組のみんなが三列に並んでいます。

ゆめは、佳嘉ちゃんと純ちゃんに挟まれて、一番上の列に立っています。

その横には、ずらーっとセイちゃんや祐一郎くん、可奈ちゃんたちが並んでいます。

「ワクワクしてきました」

六島宗佑くんのお母さんが、こころお母さんに話しかけました。

「主人が店はなんとかやるから、今年は見てこいって。うちも、なかなか行事には参加できないんです」

宗佑くんのお母さんは、こころお母さんに笑顔でカメラを見せました。

そして、「近頃は、発達障害に関連した本を取り寄せることが多くなってきてるんですよ」と言いました。

宗佑くんのお母さんは、大和祐一郎くんのお母さんと仲良しです。

「大和さんとお茶会をなさったんでしょ？　あのあと、ゆめちゃんの障害のことを聞いて、何か協力できないかなぁと考えていたんです。それでね、うちは本屋じゃないのって！」

宗佑くんのお母さんは、発達障害に関した本を探してみたのです。

「読んだら、難しい言葉ばっかりで分からなかったです。でも、要は、できることがあったら、協力するってことだと思って」

それを聞いたこころお母さんとヤスシお父さんは、感動のあまり、声を出すことができなくなりました。

中野さんが、「セイなんて、二段ベッドの上で何度も練習していました」と言います。

「ゆめちゃんが頑張っているから、自分も頑張ってみたいって！　ふだんは高いところ苦手なのに」

やる気を出したセイちゃんの姿を撮るために、中野さんはカメラを取り出しました。

「蛍子も、辛いことがあったけど」

根岸蛍子ちゃんのお母さんがこころお母さんに話しかけました。

「自分もゆめちゃんの力になりたいって言ったんです、蛍子」

これまで、こころお母さんは根岸さんと話したことがありませんでした。

「ありがとうございます。ゆめも、蛍子ちゃんとお話しするのが楽しみみたいです」

こころお母さんの満面の笑みを見て、蛍子ちゃんのお母さんは、協力することの素晴らしさを改めて感じました。

「こういうことですよ、子どもの純粋さって」

敬太郎くんのお母さんが、しみじみと言いました。

純ちゃんのお母さんの佐知子さんは、「突き動かされたって感じです。潮田さんたちにも子どもたちの純粋な気持ちを感じてほしいですね」とつぶやきました。


ホールの明かりが消えて、静かに幕が開きました。

「キリン組の小岩珠樹です。今年のクリスマス会では、子どもたちの心の成長、を感じていただきたいと思いました」

元気な小岩先生ですが、緊張して足がガクガクしてしまいます。

「園児たちの言葉の中に、思いやりや優しさを垣間《かいま》見ることができたので、それをひとつの詩に仕上げて、保護者の方にも成長を見ていただきたいと思いました」

緊張が、やる気に変わった小岩先生の膝は、もう震えていません。

「作業をやっていくうちに、私よりも子どもたちの方が率先して意見を交わしていました。その結果、素晴らしい詩が完成しました。どうか最後まで聞いてあげてください！」

それまでは小岩先生に当たっていたスポットライトが、キリン組の子どもたちに移りました。

一段目の列には、薄い若草色。

二段目には、薄い山吹色の照明。

そして、ゆめのために、三段目には淡い紺色の明かりが点されました。

コントラストの美しさのあまり、ホールにいた人たちは、水を打ったようにしんと静まり返りました。

いったんはホールの外に出て行った人たちも、吸い込まれるようにまた戻ってきます。


「わたしはお化けや、急にびっくりさせられることが怖い」

蛍子ちゃんの言葉で、詩の朗読が始まりました。

「でも、ぼくは驚かせることが好き」

「たまに嫌いなものが同じ人と」

「さかさまに、嫌いなものを好きな人がいる」

「だけど、それは始まりの合図。誰かを知っていくための明日へのステップ」

キリン組のみんなの声がピタリと重なると、その場にいたすべての人々の胸が、ぐっと熱くなりました。

「あの扉を開けたら、もっと次の明日への駆け足」

「得意なものへの気持ちや、苦手なものへの気持ちも、みんな必要なもの」

「色々な気持ちがあることを忘れたりしなければ」

「ぼくらも」

「わたしたちも」

「夢の扉をくぐっていける！」

自分のパートが終わった慶都ちゃん。

次は可奈ちゃんです。

「願い事はいつでもひとつ」

可奈ちゃんは、ありったけの声で言いました。

「笑顔があふれるキリン組」

「ももいろの園で、優しさが待っている」

「仲良しこよしで友を守れば」

さっきよりも、大きく堂々と、キリン組のみんなの声が重なりました。

「スマイルマークが待っている！」

純ちゃんと佳嘉ちゃん、そしてゆめの三人が、歌のように朗らかに言いました。

小岩先生が『星に願いを』の前奏をかなでました。

ゾウ組やリス組の園児たちは、一緒に歌っています。

パンフレットに載せてある歌詞を見て、こころお母さんもヤスシお父さんも歌いました。

13　ひとりじゃないから

キリン組の演目に、観客たちは大きな拍手を送りました。

ゆめは、大きな音に驚いてキョトンとしています。

しかし、のぞむお兄ちゃんが、ぶんぶんと手を振っているのを見つけると、満面の笑みを浮かべました。

淡い紺色の光に照らされて、純ちゃんとおしゃべりをしているゆめ。

佳嘉ちゃんがトントンとゆめの肩をたたきました。

「手を振ってみようよ」

「うん」

ゆめは、純ちゃんにも、佳嘉ちゃんと同じように言ってみました。

三人は、のぞむお兄ちゃんたちに向かって、ヒラヒラと手を振りました。

ほめてほしいときは、つつじおばさんに教わったたにんまり顔。

東陽病院にかかる前は、無表情に近かったゆめの顔にも、しだいに感情が表れるようになりました。

幕が閉じると、みんなは小岩先生のもとに一目散に集まってきました。

「やったー」とか、「緊張したぁ……」、「ヘンな汗かいてる」と言っている子どもたちもいます。

「みんな、よく頑張ったね！　先生も心臓がドキドキしたよ。このあと、園長先生のお話があるので、この格好のまま、ホールに行きますからね」

小岩先生がそう言うと、キリン組のみんなは元気よく手を上げ、先生の後ろを歩き始めました。楽しそうに話している園児たちの声は、ホールの保護者のざわめき声にすっかりかき消されています。

佳嘉ちゃんが、「ゆめちゃん、やったね！　スタンプがまた増えるね」と言いました。

振り返ったゆめは、いつになく快活な顔です。

そして、「うん。セイちゃんのお母さんも、見えたよ。わたし、今日は二個くらいスタンプ押したいってお母さんに言いたいな」と言いました。

まり子ちゃんも純ちゃんも、ゆめがハキハキとおしゃべりをする姿を見て、ますますうれしくなりました。

ゆめは、前を歩いている可奈ちゃんに、こぼれんばかりの笑顔で「楽しかったね。可奈ちゃんも慶都ちゃんも上手だったもん」と言いました。

可奈ちゃんはいかにも自信がないような、不安げな表情をして訊きました。

「ほんと？　可奈、うまく読めてた？」

ホールに着いたキリン組の園児たちは、自分の名前シールを貼ってある椅子に座っていきます。

着席してからも、可奈ちゃんは、「下手じゃなかった？」と、訊きます。

やはり、どうしても自信が持てないのです。

可奈ちゃんは、ほめてもらっても、マイナス思考に受け取ってしまうところがあります。

だから、何度も質問をするのです。

クラスの中には、可奈ちゃんがあまりにナーバスになるので、話しかけにくいと思っている園児たちもいます。

可奈ちゃんの横は、まり子ちゃんです。

ＡＤＨＤの症状があるまり子ちゃんは、可奈ちゃんと似たような性格でした。

でも、レイお母さんと病院に通うようになって、前向きな性格に変わったのです。

そんなまり子ちゃんが、可奈ちゃんの顔をのぞきこんで、「可奈ちゃんの朗読、上手だったよ！」と言いました。

慶都ちゃんは、離れた席に座っています。

いつも、慶都ちゃんの様子をうかがいながらしか話せない可奈ちゃん。隣の席のまり子ちゃんと小さな声でお話をすれば、慶都ちゃんが座っている席まで聞こえないかもしれないと、可奈ちゃんは思いました。

それだけで、可奈ちゃんは肩の力が抜けたのです。

そして、今までに見たことのない柔らかな表情になりました。

自分の気持ちをうまく表現できない可奈ちゃんでしたが、「緊張しすぎて上手くできるか不安だったんだ。まり子ちゃん、ありがとう」と、言うことができました。

「まり子は？ わたしも自信がなかったけど、ちゃんと朗読できていたかなぁ？」

「うん。それに、笑顔があふれるキリン組って、まり子ちゃんが書いた詩の部分だし」

まり子ちゃんと可奈ちゃんは、楽しく笑いあっています。

慶都ちゃんを意識して、小さな声で話していた可奈ちゃんですが、知らない間に、活気のある声になりました。

サンタさんの格好から、いつもの格好に着替えた園長先生と、小岩先生、吉祥寺先生、境木先生の四人が、壇上に並んでいます。

目当ての演目が終わったので、家に帰った人もたくさんいるようです。

「今日は、みんなよく頑張りました！」

ホールは拍手で包まれました。

園長先生からほめてもらった子どもたちは、無邪気に笑っています。

「とても楽しいクリスマス会でした。参観に来てくださったご家族の方も、ありがとうございました」

三人の先生は、教室に戻ってから園児たちに配るプレゼントが詰まった袋を抱えています。リス組の小さな子どもたちは、園長先生のお話より、境木先生が抱きしめている袋の中身が気になっているようです。

壇上に上ろうとしている、やんちゃな男の子もいます。

「ご存知の親御さんもいらっしゃると思いますが、小岩先生のクラスの高井戸ゆめちゃんは、アスペルガー症候群という、自閉症です。出口にアンケート用紙を置いています。どうか、ご協力ください」

園長先生が優しく穏やかな口調で言いました。

アンケート用紙と一緒にとじてあるのは、こころお母さんが作った、オリジナルの説明書です。

アスペルガー症候群の人が苦手とすることを書いたもの。

シールやスタンプ手帳のコピーも付け足したのは、障害を抱えながらもちゃんと成長しているという、今のゆめの状況を知ってほしいからです。

家族の願いが、ホッチキスの芯でがっちりと留められています。

「自閉症について知ることから、取り組んでいきましょう」

園長先生のお話の間、観察するように、こころお母さんとヤスシお父さんの顔をチラチラと見る人がいましたが、興味深く聞いている保護者の人々もいました。

二人は静かに立って、ゆめの背中だけを見守っていました。

辛い季節をくぐりぬけてきた家族は、初めから何もかも上手くはいかないということを学んだのです。

「そうなんですか？」

「そうは見えないわよね」

ひそひそと話し声が聞こえてきます。

でも、全部、家族の絆を強くするために受け止めていました。

のぞむお兄ちゃんにも聞こえました。

ゆめが大好きなのぞむお兄ちゃんは、「味方も多いんだぜ！　みはらし野球クラブが応援しているんだから！」と、ヤスシお父さんに言いました。

「そうだもんな！」

ヤスシお父さんは、のぞむお兄ちゃんの頭を、いっぱいなでてあげました。

「アンケート、じっくり考えて答えます」という声も聞こえてきます。

用意していた部数が足りなくなり、こころお母さんや小岩先生は、オロオロする反面、どうしようもなくうれしくてたまりませんでした。

あとは、アンケートを提出してくれる人が、一人でも多くなることを祈るのみです。


ゆめたちは、北沢家で大晦日《おおみそか》を過ごしました。

のぞむお兄ちゃんは、除夜の鐘が鳴るのをききたいと言っていましたが、一時間も手前で睡魔に負けてしまったのです。

千穂ちゃんとゆめが眠っている部屋まで、ヤスシお父さんがおんぶしてくれました。


今年は、こころお母さんの実家でお正月を迎えることにしました。

お日様が地平線を染めはじめます。

水面に当たる光は、透明のガラスの向こうに紅色のインクを、ひとしずく落としたように、じんわりと広がっていきました。

みんなは、まだ眠りの中です。

いつもは日の出前に起きる十希子おばあちゃんも、すーすーと寝息を立てています。

千穂ちゃんの部屋では、子どもたち、三人が川の字になって眠っています。

ゆめのお布団の中で、ぬくぬくと眠っている猫のもなかも、極楽気分で夢の中です。

次の瞬間、「はくっしょんっっ！」と、ゆめが大きなくしゃみをしました。

のぞむお兄ちゃんは、すっかり目が覚めてしまったようです。

「なんだっ⁉」と言うと、ガバっとすごい勢いで、起き上がりました。

「どうしたのぉ？　こころおばさん呼んでこようかぁ？」

千穂ちゃんは、ウトウトしながら、ゆめのお布団にもぐり込んで、ゆめを抱き寄せました。

腰に手を回した千穂ちゃんが、冷たく固まったカイロに気づき、「もしかして、これで寒くなったのかな？」と言いました。

ゆめはTシャツを二枚がさねした上に、カイロを貼っています。

そして、パジャマを着ていつも眠るのです。

ゆめの着るものは、できるだけ綿の製品を選んでいるこころお母さん。

繊維によっては、チクチク痛い素材もあるところも、アスペルガー症候群の感覚障害のひとつです。

そのことを知ってから、こころお母さんは、素材選びにも気を配るようになったのです。

タオルケットも、ゆめが大好きな綿素材。

お出かけするときは、必ず自分のものを持っていくのです。

いつも使っているものが側にあるだけで、こうやって眠れるということも、こころお母さんの実家に泊まるようになって分かったことでした。

ゆめのお布団の中はぽっかぽか。

でも、湯たんぽだけでは、ゆめの体は温まりません。

かといってパジャマの上だけにカイロを貼っていると、低温やけどをしてしまいます。

そこで、こころお母さんは、思いついたのです。

重ね着をしてカイロを貼れば、やけどすることなく、体温を保てるかもしれない、と。

「じゃあ、ゆめは千穂ちゃんと寝てな。お母さんのところに行って、カイロもらってくるから」

のぞむお兄ちゃんは上着を羽織るのも忘れて、部屋を出て行きました。


三枚のカイロを手にしたのぞむお兄ちゃんが、つむじ風のごとく部屋に戻ってきました。

「さ…寒かったぁ。はい、これ。千穂ちゃんにも」

「ありがとう」

もぞもぞと布団の外に出た千穂ちゃんは、「本当だぁ。外に出たくない」と言って、もう一度もぐりこみました。

「お兄ちゃん、カイロ、貼ってくださいっ」

ゆめの腰に貼ってあったカイロは、効能時間が切れて、腰の上でひんやり冷たくなっています。

これでは、いくら湯たんぽを入れていても、あったまれません。

いつもなら、とっくに新しいカイロを貼る時間になっています。

「もう八時なんだぁ。お寝坊しちゃった」

千穂ちゃんは、ごしごしと目をこすりました。

のぞむお兄ちゃんが言います。

「じゃあ、体育座りして。カイロをはがすからな」

バリバリベリっ。

冷えたときに耳が過敏になるゆめは、カイロがはがれる間、ちゃんと耳をふさいでいることができました。

「お布団に入りますっ。お兄ちゃんありがとう」

ゆめは、そそくさと布団の奥底までもぐっていきました。

くしゃみで起こされてしまったもなかは、湯たんぽの近くで、また丸くなって寝ています。

「お腹に貼ろうっと。ふぁー、はやく温かくならなあぁ」

千穂ちゃんは、ゆめのお布団であったまったので、このまま入っていたいと思いました。

「ゆめちゃん、私、出たくなくなっちゃった」

「うふふ」

ゆめは、千穂ちゃんにピタリとくっ付きました。

カイロも温まってきたので、かじかんでいた指も動きます。

ゆめと千穂ちゃんは、お布団の中で、ひそひそとおしゃべりをしました。

この日のために、千穂ちゃんは新しいぬり絵を作っておきました。

それを聞いたゆめは、ワクワク！

ぼんやりしていた顔に、爽《さわ》やかな笑みが浮かびました。

ふたりは、ご飯を食べたら、一緒にやろうね、と盛り上がっています。

のぞむお兄ちゃんは、天井を見つめながら言いました。

「ゆめって、分厚いものに挟まれていると、安心するんだって。それは、アスペルガー症候群の感覚のひとつなんだってさ」

「そうなんだぁ」

千穂ちゃんは、にょきっと首を出し、「だから、ぎゅーって静かに抱きしめてあげると、ホッとした顔をするの？」と言いました。

「そうそう。突然だとびっくりしちゃうわけ。あとね、長くやってあげると、もっと安心するらしいんだ」

感心した千穂ちゃんは、「さすがお兄ちゃん！」と言って、小さく拍手をしました。

鼻のところまで、お布団の中にもぐっていたゆめも、千穂ちゃんの真似をして、パチパチと手をたたきます。

お腹に貼ったカイロが温まってきたのか、天井板のシミが、ナルトのうずに見え始めたのぞむお兄ちゃん。

ぐるるるるー、とお腹がなりました。

つられるように、ゆめのお腹も、きゅるるるるとなります。

「お？　ゆめ、お腹が減ったのか？」

「お腹なったのは、ご飯食べたいの証拠だから、わたし、お腹減ったんだぁ」

ご飯をよく食べるようになってきたせいか、ゆめは、しだいに自分のお腹が減っているかどうか、感覚が分かるようになりました。

体を動かしたらお腹が減ります。

でも、そんな体の仕組みを、上手く感じることができなかったゆめ。

充分な運動と、筋弛緩体操を続けているおかげで、今ではじょじょに実感できるようになってきたのです。

トントン。

ノック音がしたので、千穂ちゃんはモソモソと起き上がって、上着をはおりました。

ドアを開けると、学おじいちゃんが立っていました。

「おじいちゃん、おはよう」

千穂ちゃんが言いました。

「明けましておめでとう。もうすぐ朝ごはんができるから、着替えておきなさい」

学おじいちゃんの声がしたので、のぞむお兄ちゃんも、パッチリ目が覚めました。

ゆめは、まだ眠そうな目をしています。

のぞむお兄ちゃんは「じゃあ、僕は着替えてくるから、ゆめの着替えを千穂ちゃんよろしくっ」と言って、温かいお布団をめくりました。

あまりに寒いので、タオルケットを頭からかぶるのぞむお兄ちゃん。

そして、お座敷に向かってダッシュしていきました。

千穂ちゃんは暖房のスイッチを入れました。

ごーっと流れ込む温かい風の真下に立って、テキパキと着替えを出しています。

「私が着替え終わるまで、ゆめちゃんはもう少しお布団に入っていてね」

千穂ちゃんがセーターをかぶり終わった頃、部屋はほどよく暖まってきました。

枕元においてあるゆめのお洋服も、あったまっています。

ゆめは布団の中から手を出して、カーペットの上をさすり始めました。

「あ、ゆめちゃんの好きな感覚だもんね」

千穂ちゃんが言いました。

ゆめはふわふわの毛布も好きなのですが、少し固めのカーペットの感触も好きです。

だから、キッチンの亀の子タワシで遊んだりします。

チクチクした感触を手の平に与えることによって、目覚めの悪い頭を起こしていくこともあります。

ひとしきり手の平に刺激をあたえていたので、今日は早くお布団から出ることができました。

「もう暖まったねぇ。千穂ちゃん、お着替えするのを手伝ってください」

さっきの刺激のおかげで温めた指で、たどたどしく、ボタンを外していきます。

ゆめは、しっかり手元を見つめました。

苦手だったボタンですが、今は楽しんでやっています。

頑張ったら、シールが貼れるからです。

ゆめは、パジャマのボタンを下まで外しきることに成功しました!

そして、毛布に似た下地つきのトレーナーとズボンに着替えたゆめは、ちょこんと座りました。

「ゆめちゃん、靴下を履き替えましょう」と千穂ちゃんが言いました。

頑張って着替えをすませたゆめは、少し疲れてしまったようです。

茶色の靴下を見て、「……えっとぉ……」と、一言だけポツリ。

そのとき、「ゆめ、千穂ちゃん、入りますよぉ」というこころお母さんの声がしました。

ドアが開いて、ゆめはうれしそうに立ち上がりました。

「おはようございます、おばさん」

「千穂ちゃん、手伝ってくれてありがとう！　あとは……あ、靴下かぁ」

こころお母さんは、月日の感覚が分かるように、一月は門松と羽子板のシールを用意しています。

千穂ちゃんは、「待ってるね」と言って、先にみんなの待つお座敷に向かいました。

「ゆめ、上手に着替えられたね。シールを選びましょう」

靴下が履けたら、シールが貼れるのです！

ゆめは羽子板のシールを選びました。

「靴下を履きましょう！」

こころお母さんがそう言うと、ゆめは手をグーパー、グーパーしはじめました。

そして、「星型クッションがいい」と、ゆめは自分から言いました。

こころお母さんは、ゆめの言葉を聞いて、さらに元気になりました。

ボタンをはずすことでストレスのたまった、ゆめの手。

低ウレタンのクッションをしばらく握っていると、ゆめの脳はリラックスしてきました。

少し休憩時間を与えてあげるだけで、ゆめは靴下を履くことができたのです！

「よくできました！　みんなの前で、スタンプを押そうね」

「はいっ」

ゆめは、うれしそうな笑顔をして、羽子板シールを貼りました。

真ん中の綴じ線がもうすぐです。

スタンプを打つことを想像したゆめは、また、ワクワクしてきました。

「ご飯っ、ご飯っ！」

ゆめとこころお母さんは、仲良く手をつないで、おいしそうな香りの漂ってくるお座敷まで、
ゆっくりと歩いていきました。

14 ランドセルに託す未来

「お届けものでーす」

お正月も明け、あわただしく世の中が動き始めました。

そんな、あるお昼過ぎに、それは高井戸家に届けられました。

「こ……これはぁ！」

こころお母さんの顔が、きらーんと輝きました。

送り主は、さくらおばあちゃんです。

そして、ゆめ宛の手紙と、こころお母さんに宛てた手紙が入っていました。

「えっと、プレゼントと手紙はリビングのソファの前に。それから……」

こころお母さんは、さくらおばあちゃんからの手紙を読み始めました。

十希子おばあちゃんと相談したさくらおばあちゃんは、ランドセルの色と大きさを決めたのです。

そして、それを自分の代わりに買ってきてもらったこと。

ランドセルに、教科書をつめて小学校に行くようになれるまで、みんなで支えあおうということ。

そこから先も、ずっと家族であるということが書かれていました。

「そうよね。これからが本番だわっ」

こころお母さんは、ほんの少しだけ、手紙の余韻《よいん》に浸りました。

でも、さっと気分を切り替えました。

小学校に入学すれば、まったく違った環境になってしまいます。

こころお母さんは、これからどうしたらいいのかを大宮先生に聞くために、たくさんメモを取りました。

戻ってきた分のアンケートの答えも、大切なヒントになっているのです。


アンケートの反響が思ったより大きかったので、先生たちはとても喜びました。

一月の初めはまばらだった意見が、二月を前にしてどんどん寄せられ始めたのです。

「最近なんですけど、キリン組以外でも、アンケート用紙を欲しがっていらっしゃる保護者さんが多くなってきたんです！」

境木先生は、頬を紅潮させて話を続けました。

「リス組の親御さんから、『他の園児たちの協力をみて、保護者の関係も深めたい』とか、『保護者会をもっと増やしてください』という意見もあって！」

今度は、吉祥寺先生が、「ゾウ組の保護者の答えには、『久我山さんみたいな方がいらっしゃるから、父親も子どもの遊ばせ方を学べたようです』っていうのもありました」と言いました。

境木先生と吉祥寺先生は、保護者の人々が、真剣に考えてくれたアンケート用紙を見つめています。

ふたりは、保育士になったばかりのときのような、新鮮な気分になりました。

吉祥寺先生は、「アンケートをやって、よかったですね！」と、大きな笑顔。

「そうですね！」

境木先生も、満面の笑みを浮かべました。

ふたりの様子を見守っていた園長先生が、グラウンドの方を向きました。

そして、小岩先生と楽しく遊んでいる園児たちを見つめています。

今日のキリン組はいつにもましてにぎやかでした！

「赤坂先生が遊びにいらしてたから、みんな大はしゃぎでしたねぇ！」

そう言って、吉祥寺先生は、ダンスのビデオテープを取り出しました。

「安慈くんというお名前だそうですよ、赤坂先生の赤ちゃんは」と園長先生が言いました。

そして、事務の多津見さんがいれてくれた紅茶をすすりました。

赤坂先生のおみやげの紅茶は、アップル味。

緑茶が好きな野毛園長先生は、紅茶もおいしいなと思いました。

「赤坂先生は、子どもたちの幸せには、保護者間の協力が欠かせないと考えていらしたからね。小岩先生にお会いして、育児に専念できそうだとおっしゃっていました」

お昼休みはそろそろ終わりそうです。

「私たちが協力していかないことには始まらないですからね！」

境木先生は、午後の授業の教材を持って、意気揚々と立ち上がりました。

吉祥寺先生は、昼休み終了の合図の笛を持って、職員室を出て行きます。

小岩先生のもとで、心も体もたくましくなったキリン組の園児たちをみた赤坂先生は、ホッと胸をなでおろして帰ることができたのです。


キリン組の中には、ぐんと寒くなったせいで風邪をひいてしまい、休んでいる園児が数人います。

「みんな、これから作文の時間です。今日は休んで赤坂先生に会えなかったお友達のために、感想を書いて残しておきましょう！」

いつものように、教室の隅々に散らばっていく園児たちの中に、変化が表れはじめました。自分から話しかけることが苦手だった可奈ちゃんが、佳嘉ちゃんや純ちゃんとおしゃべりができるようになったのです。

今日のゆめは、日なたで一人で黙々と作文を書いています。

「ゆめちゃんは一緒に書かないの？」

可奈ちゃんが聞きました。

「ゆめちゃんは、一人で過ごす時間も、ちょっといるんだって。そうしたら、元気になるんだって！」

純ちゃんは、そう答えました。

小岩先生が言います。

「そうよ。ゆめちゃんが一人でいる時は、うぅん、電池の充電中だって考えてあげて」

可奈ちゃんは、ふと、こう思いました。

純ちゃんやまり子ちゃんと仲良くしているから、ゆめちゃんが怒っているかもしれない、と。

心配そうにうつむいた可奈ちゃんに、小岩先生は、こう説明しました。

「ゆめちゃんは、一人で作業をしている方が落ち着けることもあるんだよ。だから、書き終わってこっちに来たら、作文の見せ合いっこできるはずだよぉ」

小岩先生の言葉を聞いた可奈ちゃんは安心しました。

自閉の一種であるアスペルガー症候群のゆめは、一人で過ごす時間が必要です。

そうすることによって、脳を休憩させ、パニックを減らすことができるのです。

風邪でお休みの慶都ちゃんのために、ゆめは、赤坂先生の着ていた服や、髪型のことを作文にしました。

慶都ちゃんは、お洋服の話が好きだからです。

自分の思い通りに書けたのか、文章を何度も読み直して、ニコニコ笑っているゆめ。

頭の中をゆっくりさせるようになってから、ゆめはどんどん元気になっています。

書き終えた作文を持って、パタパタと走ってくるゆめを、小岩先生は、両手を大きく広げて迎えました。


やんちゃなリス組の子どもたちは、あと一ヶ月は先の春休みの話題で盛り上がっています。

今は、卒園式にむけて、リス組とゾウ組のみんなが飾りを作っているので、それも楽しそうです。

折り紙でわっかを作ったことや、和紙でバラの花を作ったこと。

夏に作ったブローチに、卒園するキリン組の園児たちの名前を書いているゾウ組の女の子も、早く三月が来ないかな、と思いました。

その女の子を家まで送り届けた吉祥寺先生が、バスの中に戻ってきました。

あと二軒通り過ぎると、今度はゆめの家です。

ゆめは、靴の底を床につけて、足の裏の感覚を確かめ始めました。

キュッキュッとこすり付けると、これから歩くという刺激が脳にびゅーんと伝わるのです。

パコパコと、ゆめの靴が静かに音を立てています。

ふくらはぎの辺りが、じわじわと暖まってきました。

「ゆめちゃん、また、月曜日に幼稚園で会いましょう」

運転手の戸塚さんが言いました。

黄色い通園バッグを下げたゆめは、「はいっ」と元気に答えました。

毎日、努力している成果が出てきたので、タラップを降りる足取りも、ぎこちなくなることが減っています。

吉祥寺先生と手をつないで、ランドセルの待つ家に、ゆめは帰っていきました。


リビングで遊んでいるゆめとのぞむお兄ちゃんを見つめながら、こころお母さんが言いました。

「最近、幼稚園から帰ってきたら、いつも背負っているのよ」

さくらおばあちゃんが選んでくれたランドセルは、きれいなチェリー色。

ゆめは、のぞむお兄ちゃんの真似をして、本やぬり絵帳を入れています。

ランドセルは背中に均等の重みがいきわたるので、ゆめはリラックスできるのです。

そして、こころお母さんが書いてくれた「高井戸ゆめ」の文字を、のぞむお兄ちゃんに見せたりします。

「ところで、明日、ちどり商店街に十一時だよね?」

のぞむお兄ちゃんが、こころお母さんに訊きました。

「そうだった!」

こころお母さんは、あわてて明日の準備に取りかかりました。

数日前、大きなデパートに文房具を買いに行ったゆめとこころお母さん。

でも、元気になったとはいえ、ゆめにとって大きな音楽が流れるデパートは「怖い」所です。

そういうわけで、明日は近所の商店街に、買い物に行くことになったのです。

のぞむお兄ちゃんと、パディーくんも一緒に行きます。

「真幸おばさんが、任せといてって」

「ちゃんと、言うことを聞くのよ。それから、このマフィンをみんなで食べてね」

こころお母さんは、そう言って、のぞむお兄ちゃんのバッグに詰め込みました。

ゆめが入学するために、こころお母さんは大忙し!

大宮先生や、森岡先生に協力してもらい、小学校での環境をどうやって整えてあげればいいのか考えているのです。

真幸さんは、そんなこころお母さんの負担が軽くなるように、明日のプランを立ててくれました。

風邪気味のヤスシお父さんは、生姜湯をすすっています。

「大宮先生は、入学についてなんて？」

「小学校の中がどうなっているか、できるなら教室を見学させてもらえたらいいみたい。入学してからの混乱が少なくなるらしいの」

「なるほど。事前にやっておけばいいってことだな」

ヤスシお父さんは、グビグビと生姜湯を飲み干しました。

「感覚の統合とか、それを実生活で活用できるようになってきて、ずいぶん体は健康になっているみたい！」

それを聞いたヤスシお父さんは、ゆめに「こっちにおいで」と呼びかけました。

「ゆめは、明日のお買い物で何を買うんだ？」

ゆめは、メモを読みました。

こころお母さんが書いてくれたものです。

「ノート三冊。ふでばこ。鉛筆と消しゴムセットを買うの。ちどり商店街は、騒々しくないって、真幸おばちゃんが言ってた」

ヤスシお父さんは、ゆめの頭をなでると、のぞむお兄ちゃんにこう言いました。

「神田くんは今度の春から中学校だろ？」

「そうだよ」

バッグの中のマフィンと、お財布の中身を確かめていたのぞむお兄ちゃん。

突然、ハッと思い出して、こう言いました。

「この間、パディーのお母さんとミナミ先輩のお母さんが、小学校の間に撮った写真をコピーして、学校の資料集みたいなものを作ってるって。お母さんに言うの、すっかり忘れてた。スンマセン」

ヤスシお父さんが言い出してくれなければ、のぞむお兄ちゃんは忘れたままだったかもしれません。

こころお母さんは、目を潤ませて言いました。

「わー。幼稚園の保護者会が近いから真幸たちと連絡とっていなかったけど。やっぱり、親友ってありがたい。学校の写真かあ」

こころお母さんの胸に、勇気があふれました。

その胸は、まるで、温泉が湧き出るように、ぽこぽこぽこと快い音を立てています。

こころお母さんの携帯電話から、音楽が流れました。

九時の合図です。

「あ、寝る時間だぁ。ゆめ、もうベッドに行きまーす！」

ゆめは、頭の中で時間配分をするのが得意ではありませんでした。

少しでも分かりやすくなるように、こころお母さんは携帯電話を活用することを思いついたのです。

三時の筋弛緩体操の合図や、休憩する合図。

時間の感覚がつかめない症状があったゆめに、アラームの音楽はぴったりでした。

「ゆめ、のぞむ、お休みなさい」

こころお母さんとヤスシお父さんが言いました。

午前と午後の同じ数字の時間。

ゆめの脳を混乱させていた時計ですが、今では上手に過ごすことができるようになりました。

違う音楽を流すというアイディアは、寝起きの悪いゆめを、爽快に起きる朝に導いてくれたのです。


ちどり商店街の入り口で待っていたパディーくんと真幸さんに、大きく手を振ったゆめ。

今朝は、のぞむお兄ちゃんより早起きをしました。

お気に入りのリュックの中には、メモが入っています。

「真幸おばちゃん、こんにちわ」

そう言ったゆめは、ぺこりと頭を下げました。

体の使い方が上手くなったおかげで、おじぎをしてもフラフラしません。

真幸さんは、「お買い物、しゅっぱーつ！」と言って、ゆめに手を差し出しました。

まず向かうのは、待ちに待った文房具屋さんです！

ゆめは、すぐさま、色鉛筆のコーナーに走っていきました。

「ゆめちゃん、今日買うのは、普通の鉛筆と消しゴムセットじゃないのかな？」

真幸さんが言いました。

すると、ゆめはハッと思い出したようです。

あまりに楽しみにしていたので、ゆめの脳は、今日の用事を忘れてしまったのです。

のぞむお兄ちゃんが、「鉛筆と消しゴムセットも、かわいいのがあるぞ。こっち、こっち！」と手招きをしました。

新入生コーナーをのぞいてみると、うさぎの模様が入ったものや、小鳥の形をした消しゴムがたくさん！

それまでは、色鉛筆しか知らなかったゆめは、びっくりしました。

でも、どうやらこのびっくりは、怖いときのものではなく、「こんなにたくさん種類があるんだ」と、探究心をくすぐられたときのものです。

「好きな柄の鉛筆を十本と、消しゴムを一個選んだら、お店のおばさんが箱に入れてくれるんだよ」

パディーくんが言いました。

「お兄ちゃん、どれが好き？」

「ええ？　僕んじゃなくて、ゆめが好きなのを選んでいいんだよ」

のぞむお兄ちゃんは、選んであげたほうがいいのかな、と思いました。

すると、真幸さんが、「パディーとのぞむくんと、おばちゃんが一本ずつ選んであげるわ。残りの七本は、ゆめちゃんが選んでみましょう！」と、提案してくれました。

真幸さんは、アスペルガー症候群のことを勉強しています。

正しく知ることが、親友のこころお母さんの手助けになると考えたからです。

ゆめは、「真幸おばちゃんは、どれがいいと思う？　パディーくんと、お兄ちゃんは、これって」と言って、握りしめている二本の鉛筆を見せました。

あじさいの柄と、羊柄の鉛筆。

真幸さんは、リンゴ柄の鉛筆を選んで、ゆめに渡しました。

「えっと、消しゴムは、これにします」

ゆめは、普通の長方形の消しゴムを選んで、レジに向かいました。

のぞむお兄ちゃんが、「もっと、かわいいのにしなよ。クマさんとかあるよ？」と訊きましたが、ゆめは、ブンブンと首を振ります。

そして、「大宮先生が使っているのと同じだもん。だから、よく消えると思う」と言いました。

こしょこしょと、耳元でささやいた理由を聞いた真幸さんは、さっそく、こころお母さんにメールをしました。

お医者さんが使っている消しゴムだから、きれいに消えると、ゆめは思っていたのです。

一見不思議に見える行動にも、どうやらゆめなりの理由があるようです。

15　みはらし小学校に向かって

「見てごらん、ゆめ」

こころお母さんは、真幸さんと神田ミナミ君のお母さんがスクラップしてくれた、『みはらしマップ』を開きました。

これから入学するみはらし小学校。

前もって見ておけば、ゆめの混乱が減るのではないか、と提案してくれたのは、こころお母さんの仲間たちでした。

次の土曜日に、学校の下見に行く予定を立てたゆめとこころお母さんは、お話をしながら、『みはらしマップ』のページをめくっていきます。

「ここは、なんのお部屋かなぁ？」

ゆめが指差したのは、特別支援学級の教室でした。

こころお母さんは、言いました。

「みはらし小学校に入学したら、ゆめはその教室で勉強をします！」

「ここ？　ここが私の教室？」

ゆめは、目をキラキラ輝かせました。

大宮先生や森岡先生と話し合ったこころお母さんは、普通の小学校に通わせることにしました。

ヤスシお父さんも、学おじいちゃんたちも賛成です。

ゆめに必要なのは、苦手なことを認めてくれる環境と、普通の子どもたちと遊べる環境なのです。

そうと分かったこころお母さん。

今は、仲間たちが教えてくれる情報を、こころお母さん流のやり方に変えて、どんどん集めているところです。

ゆめは、みはらし小学校の写真に興味津々！

自分が通う教室を見ることができたので、さっそく、頭の中でイメージを浮かべはじめました。

写真の机には、緑色の引き出しがついています。

その中の、ノートの位置やふでばこを置くスペースを想像すると、ゆめは早く土曜日が来ればいいのにと思いました。

待ち合わせは、ちどり商店街の入り口。

ゆめの周りの子どもたちの間で、それは合言葉になりました。

「まり子ちゃんも来るよね？」

ゆめは、時計の針をみながら心配そうに訊きました。

約束の時間は、十時。

少し過ぎたので、ゆめは不安になってしまったのです。

こころお母さんは、「来るよ。そうだ、針が五のところを指しても来なかったら、お電話してみよう」と言いました。

そんな風に言ってあげると、ゆめの脳みそに、ゆとりができるのです。

時間通りにまり子ちゃんが来ない。

そう考えると、ゆめの頭の中には「来ない、来ない」の文字があふれてしまうのです。

これまでなら、ゆめの言葉にあわててしまうこころお母さんでしたが、今では発想の転換ができるようになりました。

一緒に待っているなみ子ちゃんが、遠くから走ってくるまり子ちゃんと、レイお母さんを見つけて言いました。

「ゆめちゃん、まり子ちゃんが来たよっ！」

ゆめは、ちらりと時計を見ました。

そして、「五のところを過ぎてる。お電話しなかったけど、まり子ちゃん来たぁ」と、うれしそうにこころお母さんに言いました。


みはらし小学校に着くと、ゆめは、グラウンドの方に行こうとしました。

かこーん。

キンッ。

野球クラブの練習する音が聞こえたからです。

「ゆめ、今日は、この学校の中に入るのよ」

「中？」

純ちゃんとまり子ちゃんは、もう玄関の中にいます。

ゆめは、学校の建物の中に、自分が通う特別支援学級の「かもめ組」があるということを想像できなかったのです。

なみ子ちゃんに、「ちょっと待っていてね」と言って、レイさんが走ってきました。

「かもめ組の教室から、グラウンドが見えるよって説明はどう？」

レイさんは、ゆめが小学校の玄関を初めて見て、怖がっているのが分かったのです。

「まり子は、好奇心が強いから、平気で入っていけるんだけど」

こころお母さんは、レイさんがアドバイスしてくれたので、新しい説明を思いつきました。

そして、「あの玄関を通ったら、写真で見た教室があります」と言って、『みはらしマップ』を開きました。

自分の机がどこにあるのか分かったゆめ。

「じゃあ、あそこを通らないと、私の教室に行けないんだぁ」

ゆめは、こころお母さんの手を握りしめました。

「こころさん、ナイス！　今の説明の仕方、分かりやすかったですねぇ」

「ありがとう。レイさんが来てくれたから、ホッとして思いつけたの」

ゆめは、レイさんとも手をつなぎました。

玄関では、純ちゃんとまり子ちゃんと、なみ子ちゃんが、おいでおいでとしています。

一年生が使う下駄箱の横を通り過ぎて、みんなはかもめ組の教室を目指しました。


卒園式を三日後に控えた午後、ゆめは東陽病院で診察を受けました。

説明を書き加え、バージョンアップした『みはらしマップ』を見た森岡先生は、「お母さん、とても頑張られましたね！」と言いました。

こころお母さんは、「はいっ」と言い、コクンと大きくうなずきました。

今日は、丸いテーブルに三人とも座り、みはらし小学校のことを話しています。

「みはらし小の校長先生は、養護学校の先生をしていらしたそうです。それで、ゆめのことを相談したら、かもめ組のことを説明してくださったんです」

こころお母さんは、学校を見学に行ったときにもらってきたパンフレットを出しました。

四クラスずつのみはらし小学校。

交流学級が始まったのは、のぞむお兄ちゃんが入学した次の年からでした。

「一年生は、二組が交流学級だそうです」

パンフレットをのぞき込んだ森岡先生は、スクールカウンセラーの紹介欄を見て、目を丸くしました。

「内井先生のお姉さんだわ！」

こころお母さんは、「内井先生って？」と訊きました。

内井先生は、森岡先生と同じく、セラピストの先生です。

ゆめが初めて東陽病院にかかったとき、健くんという男の子を追いかけていた先生こそ、内井先生なのです。

「あ、あの先生の？」

こころお母さんは、ハッと思い出しました。

森岡先生が言いました。

「お姉さんがスクールカウンセラーだったら、私は太鼓判を押します！　小学校も、養護に力を入れているみたいですし」

その言葉を聞いて、こころお母さんはますます安心できました。

ゆめは、「内井暁子先生」の紹介欄を見ました。

そして、「うちいあきこ先生。スクールカウンセラー。……あ、灰色のジャージに二本の線の女の人に似てるね」と言ったのです！

ゆめの記憶の仕方が、特徴のあるものだと理解できたこころお母さんは、「そうだね。あのね、その先生のお姉さんだってよぉ」と説明してあげました。

森岡先生も、ゆめを見つめて、「みはらし小、楽しみだね」と言いました。

「はいっ。わたし、小学校に入るために、もっと元気になります」

ゆめは、内井暁子先生の写真を、みはらしマップに貼ろうと考えています。

「ゆめ、大宮先生に、たくさん報告ができるね」

こころお母さんは、ここまで頑張ってきて、本当によかったと思いました。

卒園式の日が来ました。

ゆめは、こころお母さんとヤスシお父さんに「楽しくて愉快だからワイワイ盛り上がる」ということを教わりました。

今日は、黄色の通園バッグを使う、最後の日です。

特別の日だから、クラッカーを鳴らします。

金色と銀色の紙ふぶきがまかれます。

小岩先生は、ゆめが驚かないように、連絡帳に前もって書いてくれました。

こころお母さんは、ゆめのバッグの中に、紺色のハートのクッションを入れました。

「大きな音にびっくりしたら？」

ゆめは、こころお母さんの顔を見て、「ぎゅっぎゅ。卒園式は、楽しいパーティーだから、みんながはしゃぎます」と答えました。


この日を待っていたのは、保護者みんなです。

そして、先生たちは、自閉症の理解のために協力してくれたすべての人に向かって、この卒業式を作りました。

アンケートの意見をもとにして、リス組もゾウ組も、スローテンポの曲を使って出し物です。

自閉の子どもが甲高い音を嫌うと知った保護者の提案で、拍手もパチパチとゆっくり。あまりの楽しさに、バシバシと大きく手をたたく人もいますが、ゆめは、ちゃんとクッションを握ることができました。

折り紙の紙ふぶきは、小岩先生が予告しておいてくれたおかげで、平気です。

これから、小学校に上がるキリン組の園児たちは、一人ひとり、野毛園長先生から卒園証書をもらいました。

「園田まり子ちゃん」

「はい」

まり子ちゃんは、卒園証書を受け取ると、後ろで見ていたレイお母さんに手を振りました。

次は、いよいよゆめの番です。

「高井戸ゆめちゃん」

「はいっ」

ゆめは、てくてく、とても元気に歩きました。

そして、「小学校でも、ゆめちゃんらしく生活してください」という園長先生の言葉に、「はいっっ」と大きな声で返事をしました。

キリン組で最後に証書を受け取ったのは、男子級長の六島宗佑くん。

そして、キリン組の園児たちは、みんなで記念撮影をしました。

春休み。

もう、公園では桜も咲き始めています。

ゆめは、届いた制服を着て、久しぶりにしろのなみ病院に行きました。

ランドセル姿のゆめを見たさくらおばあちゃんは、大喜びです。

暖かくなり、心臓の調子がよくなったので、今日は車椅子で中庭をお散歩することができました。

「千穂ちゃんは、しまやま小学校だよ。ゆめとお兄ちゃんは、みはらし小学校」

ゆめは、『みはらしマップ』をさくらおばあちゃんに見せました。

ヤスシお父さんとのぞむお兄ちゃんは、売店にお昼ご飯を買いに行っています。

「こころさん、家族一緒に歩いていきましょう」

「お義母さん、ありがとうございます。それから、机も。ゆめったら、早速、自分仕様にしてます」

さくらおばあちゃんは、一おじいちゃんが使っていた机を、ゆめにプレゼントしたのです。

引き出しがたくさん付いている机。

ゆめのお気に入りは、もう、すっかりしまってあります。

つつじおばさんと直おじさんからは、大きな本棚を買ってもらいました。

「ゆめちゃん、本でいっぱいになったらいいね」

さくらおばあちゃんが言いました。

ゆめは、ランドセルの中を見せて、「ここにもいっぱい入れるの。みはらしマップも」と、はしゃぎ声を上げました。

お弁当を抱えて走ってきたヤスシお父さんと、のぞむお兄ちゃん。

五人は、たくさんお話をして、お昼ご飯を食べました。

16 エピローグ

「なみ子ちゃん、まだかなぁ」

ゆめはランドセルを揺らしました。

中に入っている教科書と、連絡帳。

そして、『みはらしマップ』がカタコトと音を立てます。

こころお母さんは、洗濯機を回しています。

そして、春遠足で行く大黒パークの写真を撮りに行くことを考えていました。

朝八時を告げる音楽が、こころお母さんの携帯電話から流れました。

「今日は、何の授業があるのかな？」

ゆめは、「国語と、理科。体育は、二組で。純ちゃんと一緒だから、楽しみっ」と言いました。

玄関のチャイムが鳴ります。

「なみ子ちゃんだ。ゆめ、いってらっしゃーい」

こころお母さんは、ゆめが登校する姿を見たあと、電信柱の上に輝いているお日様を眺めました。

どきどきわくわくの小学校は、今始まったばかりです！

今さらごめんね
二〇〇四・夏

自分に自閉傾向があると知った上で自分の子ども時代を振り返ると、「あちゃあぁ。うちのお母さん、私を育てるのめちゃくちゃ大変だったはずだぁ」と実感しました。

身の回りに、子どもを持つ人が増えたせいか、はたまた、育児に興味があったのか、最近は、「私が私の親だったとしたら」と、幼児期を振り返ることが多くなりました。

振り返ると、私は私なりに大変だったにしろ、アスペルガー的な物思いも五感の問題も、「当たり前のもの」と信じ込んでいたので、実は、困っていたのは家族、とりわけ、私を育てる母だったのではないか、と思うのです。

そこで、今回は「今さらごめんね」と題して、母を悩ませていた問題を、大人になった私の視点から振り返って、真相をお話ししようと思います。

そして、自閉なりに初めて知った「家族」をお伝えさせてください。

ナスのはさみ揚げが「気持ち悪い！」だったワケ。

私が育ったのは、佐賀県のとある市で、市と名乗るのもおこがましいような田舎でした。

田舎に生まれ育ったことで、いい思いをしたこともあります。

きれいな空気は吸い放題だし、酒どころなだけあって、お米もお水も美味しいところでした。

空もたくさんあって、体の弱い私には、田舎に生まれたことで、かなり得をしていることが多かったはずです。

しかし！

田舎ゆえに困ったのは、その自然の恵みで、それは私の食生活に大打撃を与えたのでした。

田舎のお野菜は、とても大きく、形もいびつです。

自然の空気と、きれいな水に、燦々《さんさん》と照る太陽を浴びて育った野菜は、とにかく変な形をしているのです。

育っていく段階で、野菜の形を学習したのは、「図鑑」の中からでした。

その情報をインプットして生活をしていた私にとって、青空市場で買ってこられた「エビ反りの馬鹿でかいナス」は、私の中では「ナス」ではなかったというわけなのです。

要するに、今なら、「こんな形のナス、見たことないし、形が気持ち悪い……」と言えるのですが、幼児の私が言えたのは、ずばり一言、「気持ち悪い」だけだったので、それを聞いた母は、相当なショックを受けていたはず、と思いました。

母は、自分の仕事もして、帰ってきてから一生懸命にご飯を作ってくれていたのに、待ち受けていた言葉が「気持ち悪い」では、その場で死んでも、絶対に成仏できなかったでしょう。

私自身、「形」という言葉は知っていても、「気持ち悪い」と結んで活用するということを知らなかったのです。

母は、私がひどく偏食をするので、「おやつを食べさせすぎているのだろう」とか、「本当に料理がまずいからではないのか」と、祖母から叱られていました。

お嫁さんに来たすぐには、お姑さんは何かしらイビるものですし、実際に、母もお料理は何も出来ずに嫁いできました。

でも、下手でも一生懸命作ってくれていた母に対して、今だったら、私は心から「ありがとう」と「ごめんね」を言いたいのです。

今だから分かります。

お仕事をして、休む間もなく夕飯の準備にとりかかってくれた母の大変さと、世間の母親に対する過剰な押し付けが、彼女をたくさん傷つけてきただろうな、ということ。

私は人よりも言語が進んでいたので、「気持ち悪い」と言えましたが、もし言葉を持たなかったら、「ナスのはさみ揚げ」は、無残に、宙を舞っていたかもしれません。

形と同じように、ある特定の色彩にも過剰に反応するせいで、私はピーマンが食べられませんでした。

種をとって販売してあるピーマン。

私にとってそれは、表も裏も同じ色をした、不気味なものだったのです。

単色構成も、かなり食生活に響いたと思います。

ニンジンは白い筋が通ってはいますが、とても際どいものでした。

トマトは別の理由で食べられないようになりました。

それは、種の配列です。

同じ形のものが単調に並んでいるとめまいがするので、トマトのほか、スイカや輪切れにされたバナナ、キィウイは、見ただけで脳が酸欠になっていたのです。

自分でも、そんな原因があって偏食をしているとはつゆ知らず、私の日常は「気持ち悪い」の連続でした。

「興味はあるんですけど……。せっかくだから」と、一大決心をして自らピーマンを食したのは、この夏の出来事でした。

そして、ずっと怖かったピーマンは、「苦いだけなんですね」の理解と共に、静かにお腹の中に入っていきました。

そんな出来事がヒントになり、こうしてエッセイを書いているわけです。

雨の日は「絶対学校に行かない!!」のワケ。

お稽古事の帰り際、ふと川の方に目を向けると、鳥がうまく風に乗れずに、高く飛べないでいました。

それを見ると、私はとたんに憂鬱になったのです。

ツバメやスズメなら、さほど落ち込まずに自分を奮い立たせることができたのですが、さすがに白鷺が飛べずにいると、私の心はどっぷりと「落ち込み」に浸かってしまうのです。

まず、雨が降る前には、鳥が高く飛べません。

低空飛行の鳥たちは、私に「雨」を教えてくれる親切な生き物たちだったので、そのことに関しては、ありがたいと思っていました。

ただし、「ありがたい」の後ろには、「雨が降る……」という最悪の気持ちもくっ付いてくるのです。

なぜ、そんなに雨を嫌うのか。

それは、雨に当たると、私の体が痛くなるからなのです！

感覚障害の多い私にとって、雨は無数の針とほぼ同じだと解釈しても過言ではないはずなのです。

しかも、シャワー状の雨や、ぼたぼたっと降る重たい大粒の雨。

前者に当たると、全身の毛穴がチクチクするし、後者に当たれば、体重が五キロは増えたと感じます。

どちらにせよ、私にとって、雨は世の中で一番「不幸」をもたらす、厄介な自然現象なのです。

とはいえ、雨の方が私よりもずっと先に生まれたのですから、私は「雨に当たると痛いのだから、痛くないようにしよう！」という考えを持つようになりました。

それから、「雨に当たって痛い時は、体が弱っているのだから、たくさん睡眠をとりましょう」というルールも作りました。

話は戻って、小学校時代。

鳥が低く飛ぶ姿を見てしまった私は、母にひたすら言い続けました。

「明日、学校行かない」と。

もともと前後左右のバランス感覚が悪い私にとって、片手に荷物、片手に傘、そしてその場で考えながら意識して歩く、という三つの条件が重なると、「悲劇」以外の何ものでもないのです。

しかも、傘からはみ出すと、雨が刺さって痛い、ということになるので、ハワイに生まれていなくて、まだマシだった……といつも思っていました。

そして、「カメハメハ大王」の歌詞にある「風が吹いたら遅刻して、雨が降ったらお休みで」を、心から羨ましく思っていたのです。

スコールは痛いのですが、日本特有の、湿気を伴った大粒の雨は、痛い上に体中を重たくします。

傘をさせば痛みからは逃れられるのですが、傘に当たる雨の重みは、私の肩と手首の関節にダメージを与えるので、とにかく雨の日は「恐怖」でいっぱいだったというわけなのです。

しかも、その感覚は他人も同じだと思い込んでいた私は、自分のことを「なんて体力のないヘタリ人間なんだ」と、本来持たなくてもよかった部分で、自分への恥と、恥が生活していることへの罪悪感で、いっぱいいっぱいの生活をしていたようです。

もちろん、母を大変困らせたと思います。

私が学校に行きたくない理由を、たまに「何で?」と聞いてくれていたのに、その答えが「雨だから」では、母もお手上げだったでしょう。

プールの季節になると、雨ではなくとも「学校に行かない」と言い続けました。

プールの前には、必ずシャワーが待っています。

晴れの日なのに、針攻撃にあうので、梅雨からプールが終わる時期まで、頑として「学校に行かない」と言い続けた私の経験が、少しでもお役に立つことがあったらいいなと思いながら、これを書いています。

結局、一番なついていたのはお母さんだったこと。

幼稚園のときに、「プール参観」という行事が行われました。

さほどお天気もよくない、真夏の、近くの小学校のプールを借りて、その行事は行われたと思います。

前記の通り、私はプールが大嫌いでした。

それは、今も変わりないのですが、幼稚園の頃は、「怖い」の原因がシャワーと塩素消毒の臭いだと気づいていなかったので、「体中がズキズキ痛いよ。しかも、鼻が取れそうな痛みもするよ」という、自分でも意味不明の恐怖だったわけです。

私は「いつも笑顔で頑張る」という課題を周囲から与えられていたので、怖いと思いながらも、必死にプールを頑張りました。

保育士さんが、楽しんでと言わんばかりに、ぴちゃぴちゃと水を私の顔にかけました。

絶対的に彼女に悪気はないのですが、私にはちょっとした拷問だったので、体をこわばらせながら、今にも泣きそうになりながら、みんなと同じように、バタ足の稽古をやっていたのです。

もう、バタ足というよりは、もがき足だったかもしれません。

遠く、フェンスの向こう側には、親御さん方がまさに見守っている状態です。

当時の私には「参観日」の意味がわからなかったの上に、フェンスの向こうの人たちが、自分以外の園児の「親」だということも知りませんでした。

ですから、「なんて日だ！　知らない人たちが私の醜態を見て笑ってるわ」と思っていたのです。

そのとき、知らない人たちの群衆の中に、私の母がいることに気づいたのです。

当時は「母親」も自分のシナリオの登場人物と思っていたので、「母親役の人が出てきた！」と思っていたのですが、彼女を見た瞬間、私は途端にシクシク泣き始めたのです。

シナリオの役割だと思っていたわりには、私にとって、母は自分の素直な感情をぶつけられる人だったのかもしれません。

今考えれば、シナリオと言っても、「母親役の人が出てきたら、文句を言ったり、泣いたりしてよい」などと書かれていたわけでもなく、私は母の前だと涙を出せたのでした。

その涙を「辛いから泣いている」と自分で判断できなくとも、私はちゃんと「感情」を出せていたのです。

しかも、それは「母親」と呼ばれる人にだけ。

成人して冷静になって考えると、それは、「お母さんにだけは、少なくともなついていた」ということでした。

だから、彼女の前でぐずっていたり、泣いていたり、とにかく、自閉なりに「母親」を求めていたのだと思います。

でも、彼女にも彼女の精神状態があり、家事と育児と我が家の場合は仕事もあったので、「お母さんは過負担状態じゃないの!!」と、今なら納得できます。

もちろん、その背景には、母があきらめずに、私の世話をし続けてくれ、愛情を注ぎ続けてきてくれた、という「自閉の私」側の理解があったからです。

すごく長い道のりだったのですが、母があきらめないでいてくれたので、私は感情の理解（実感というよりは納得なのですが）に近い場所で生活を続けられるのだと思います。

ですから、「ありがとう」の意味を込めて、これからのお母さん方が、少しでもお子さんと関わりやすくなればいいなと思い、私の体験を通してこの本を書かせていただきたいと思ったのでした。

私に「お父さん」ができ始めた事実。

最近になって、父親という概念を知った私は、少しずつ彼との関わりを自分から持つようになりました。

正直に言ってしまうと、それまでの私にとって、彼の存在は「八時になると家を出て行く人で、たまに突然帰ってきては出て行き、〝ただいま〟と言いながら、夕方六時ごろ帰ってきて、私が宿題をしている間に寝ているので、私との共演が少ない配役」でしかありませんでした。

人とのつながりが理解できなかった私には、当然「父親」も配役のひとつで、しかも、自分との共演シーンも少ないがために、相当に興味のない人物だったわけです。

彼が自分とどのようにつながっているのか理解できていなかったので、家を出て行く行為が「仕事に行っている」とも、「家族が生活できるように汗水流して働いている」とも、もちろん「彼個人として仕事に打ち込んでいる」ということも、すべて理解できていなかったようです。

父にそのことを話すと、かなりショックを受けたようで、しばらく彼はふさぎこんでしまいました。

これまでの私だったら、「……？　いきなり、しょ気た」としか考えられず、しらっと部屋を出て行っただろうと思います。

でも、私は驚くべき行動に出たのです！

私はしばらく考えたあと、父に「それは、私があなたの娘で、娘の私が〝お父さんの存在の意味が分からない〟って言ったから、私とつながっている父親として、しょ気てるの……ですか？」とたずねました。

要するに、「私の父親だから悲しいの？」と聞いてみたわけです。

このあたりの気持ちはリサーチ中なので、私も失礼ながら、その場で父に質問返しをしてしまいました。

彼はふさぎこんでいる最中だというのに。

すると彼は、「……そう」と答えました。

びっくりしたことが、ここで二つ。

今までの彼ならば、憤慨して背中を向けて、私の質問に答えてくれることなどありませんでした。

でも、今では私が「わからないから聞いている」ということを徐々に覚えてくれているので、一言でも返事をくれる、ということ。

そして、もうひとつは、自分に対してのびっくりでした。

私は言ったのです。

「でも、今から〝父親〟のこと知っていくから、しょ気ないで……」と。

すると父は、肩を落としたままであっても、コクリとうなずいてくれました。

自閉傾向の強い娘と、その娘の父親である彼が、ちゃんと意思疎通できた瞬間でした。

数日後、私は父が働いている姿の写真を、自分から見てみました。

行政の人の査察に、たくさんの資料を抱えながら説明している父親のうしろ姿に、私はとても尊敬の念を抱きました。

夕方帰ってきては、「お腹が減った」だの「早くして」だの、母親に迷惑をかけまくる騒々しい人だった彼は、私の中で、「昼間、あんなに緊張の背中をして、それから帰ってきたんだぁ。じゃあ、私が肩をもも う」という、気配りが必要な人のボックスにお引越ししてきたようです。

そこには、母親が過負担になるから、という思いもあります。

彼女は私の母親であると同時に、父の奥さんでもあるからです。

そして、こういうのが「自分とつながっている」と呼ぶのだな、と体感しながら、毎日を過ごしています。

ミラクルウーマンだった祖母。

私は祖父が大好きでしたし、とても可愛がってもらいました。

ただし、甘やかされてばかりいたわけではありません。

祖父は、とても厳しい人だったので、とにかく分別を持つことと、優しい心を持つことと、優しい心がどんなものにもある、ということを私に言い聞かせていました。

去年の今頃は、「いいことを教えていただいたものだわ」と思っていましたが、もう少し冷静になって考えると、祖父は、私の祖母のような女性になりなさいと言っていたのだと分かりました。

確かに、祖母は思慮深く、分別もあり、同時に厳しい女性でした。

私は、お裁縫もお掃除のやり方も、祖母に教わりました。

当時は、ただ「何という口やかましい人だ」と思い、ひどく反抗をしていたものですが、小学校の高学年になった頃、本当に私のこと考えてくれているから、口うるさく言うのかもしれないと思い、その後、本心で文句は当人にぶつけるようにしました。

私が本気になっているということを察したのか、とにかく、お互いに相当な口げんかをしたものです。

私も気が勝っていて、かなりワガママな頑固者だったので、周りもヒヤヒヤしていたことでしょう。

彼女が「分別」を体で教えてくれなければ、私は高慢ちきも甚だしい、ひどい大人になっていたはずだと思うと、今さらながら、祖母の偉大さを感じます。

私が解離性人格障害と真正面から闘っている最中、誰よりも私の身体の無事だけを祈ってくれたのは、一番厳しかった祖母でした。

祖父が大好きであるのと同じくらい、祖母も大好きなのだと気づいた夏です。

さらに、彼女には「恥じらい」があるので、とても愛らしい女性なのだなと、さらに「おばあちゃまの孫でよかった」と思う日々が続いています。

私も彼女の血を受け継いでいるので、「恥じらい」があってもいい気がするのですが、なぜか、出ていないようで、よほど気が勝っているのだろうと、自分でもあきれ気味です！

私は、二〇〇二年の夏に、家に残ると自分で決めました。

途中で何度も、すべて投げ出したくなったのは、事実です。

でも、家族が総出で助けてくれたので、二〇〇四年の今年、家に残ったのは正解だったという答えが、私の中に突然現れました。

どうしても「現象が起こって、そのあとに名称を付ける」という脳の特性は変わりませんので、「家族がみんなで支えてくれた。家族って？　私にとっては、亡くなったおじいちゃまと、愛らしいおばあちゃま。仲良しのお父さんとお母さんに、自慢の妹。それが私の家族」という具合に考えています。

そして、「そうなの？　それでいいの？」と家族の中の誰かに訊くと、「そう」と答えてくれるので、私はにんまりして、「ほぉう」と言いながら、自分の中に概念を取り込んでいっているというわけなのです。

あの扉のむこうへ
自閉の少女と家族、成長の物語

2005年5月1日　第1刷発行

〈著者〉藤家寛子

〈表紙写真〉香川峯子

〈本文イラスト〉小暮満寿雄

〈デザイン〉土屋 光（Perfect Vacuum）

〈発行者〉浅見淳子

〈発行所〉株式会社 花風社
〒106-0044　東京都港区東麻布 3-7-1-2F
電話 : 03-6230-2808　ファクス : 03-6230-2858
E-mail : mail@kafusha.com　URL : http://www.kafusha.com

〈印刷・製本〉新灯印刷株式会社

ISBN4-907725-64-7